Ein sterbender Mann

寻找死亡的男人

Martin Walser

〔德〕马丁·瓦尔泽 著

黄燎宇 译

浙江出版联合集团

浙江文艺出版社

一

尊敬的作家先生！

没有什么事情是超越美的。这句话应该是您说的或者您写的或者您说过也写过。在我的阅读范围内，这是一个最不人道的句子。我不知道您是谁，也没读过您的作品，可既然您的话老是被人引来引去，我不得不假定您是个人物。一个一言九鼎的人。所以我才给您写信。我不揣冒昧，相信您对自己的话产生何种反响很感兴趣。

我没有半点理由觉得自己美，还没有一个男人或者女人说我长得美，但也还没有谁说我丑。可能我貌不惊人。就是说，既不美也不丑。就是说，相貌平平。可是：没有什么事情是超越美的。所以，美至高至善。您只是随口说出所有的画报和电视节目都在喋喋不休的事情。您人云亦云，说了一句放之四海而皆准的大道理。

我长着一个尖下巴。一个明显比我蠢得多的小学同学给我取了个绰号，叫我尖嘴耗子。所以无论男孩女孩都叫我尖嘴耗子。我是上颚前凸症患者，希望您听得懂。您去查查这个词的意思。我的两颗门牙决定了我的面部表情。一直这样。如果我哈哈大笑或者哪怕莞尔一笑,我就知道我的门牙会扮演一个不属于它们的角色。我成为尖嘴耗子,它们所做的贡献超过我的尖下巴。所以,我不美。您说过:没有什么事情是超越美的。这句有点深奥的名言在我这里立刻变成了大白话:不美就不是人。所以,我不是人。

如果我能做到忍气吞声,我就不是人。我不得不奋起反抗。我反抗了。成功了。赶紧补一句:这是过去的事情了。我现在72岁。却已到头了。但不是因为我72岁,而是因为我已到头了。

我曾经很成功。很有本事。现在我已走到头……天哪,我不相信我能把这个告诉您。

我会尝试把我失败的故事讲清楚。这是一个过于清晰的社会过程,正因如此,它无法对自身做清楚的解释。在社会层面发生的事情没有必要让每个人都理解。无论怎样解释,都是对陈词滥调的重复,我不想说陈词滥调毫无价值,但其功能不在于解释它们声称它们所解释的东西。陈词滥调是现实的面具。现实需要这些面具,以便维持现状。您的名言——没有什么事情是超越美的——也只是一个面具。虽然我们几乎可以察觉出这个面具底下的真实面目。您的句子很高明。仿佛一切都很美好。美是一切。而每个人马上都会想到:这总比丑是一切好。没有什么事情是超越丑的,谁想活在这样的世界。

今天就写到这里。我只是条件反射,没有深思熟虑。但我拿一个切身感受替自己辩护:我宁愿条件反射而非深思熟虑。我的条件反射比我的深思熟虑更能体现我的本性。我很清楚,这可能成为那些聪明人责备我的理由。总有人因为什么事情而责备我。我必须接受这一事实。我一直在接受这一事实。

特奥·沙特

又及：拜托，见到貌美者，我总是满心喜悦。我把俊男靓女都视为成功之作。仿佛人类繁衍后代的目的就是生产貌美者。人有所好，我也一样。我根据自身感受，更喜欢说成功之作而非美的作品。在我眼里，无论男女，不美不等于失败。美的反面也不是丑，而是不美、不起眼。每一件成功之作都让我赏心悦目，即便它令我相形见绌。我觉得自己不美。说不美已经有点过头了。貌不惊人，我觉得这才是恰当的用词。

又及2：我知道无名小辈写信诉苦是什么效果，所以我不揣冒昧，补充一份和通缉令一样的生平简历。我的自尊心强迫我这么做，它永远在监督，尽管我和它长期处于公开冲突状态。

这么说吧：我曾拥有四十一名员工。出现危机后，我不得不在一夜之间解雇他们，以免公司破产，至少避免公司的名字破产。"专利及其他"，这是我昔日的公司名称，它现在只剩下一个名称了。我开发专利，就是说，如果有人向我提供一项让我看好的专利，我就成立一家生产该专利产品的公司。天生的爱好和专业素养使我首先关注技术项目。我的收入很可观，我有许多生财之道，譬如：研发非接触式测量技术，将传感器微小化，复制用于将有害废气最小化的传感技术，改进温度传感器，通过压力传感器预热塞减少排放，通过电子化的压力控制系统将轮胎寿命翻倍，等等。

有些话讲错，纯粹因为我们避免而且必须避免正确的说法！天生的爱好和专业素养使我首先关注技术项目……不行,绝对不行!面对一个作家,我感觉有义务把话说更精确一点,尤其要说实话。总之,我是发明家的儿子,我曾经是发明家的儿子。巴特尔·沙特,我的父亲,至死都盼着我成为跟他一样的发明家。我大胆地开始了发明创造。我的第一项发明是电动废纸篓。然后是童车自动闸。阿登纳已经发明了带可翻式喷头的洒水壶。我父亲把我介绍给为其发明创造提供资金的银行家瓦堡。瓦堡先生是一个大祭司,他所服务的宗教名为融资。他家里全是真皮和名贵木材!我明白自己想做什么了:出资、开发,而非创造发明。瓦堡领进门,修行靠个人。我需要勤奋和运气、运气和勤奋。

十九年前,我认识了一个名叫卡洛斯·克罗尔的天才。他让我撤离技术领域,转向所有叫作"自然"的项目。从医疗到美容都叫"自然"。我成功了,这证明他说得对。我的公司成为生产医疗和美容专利产品的知名厂家。

卡洛斯·克罗尔比我小二十多岁。他是一个瑞士女出版商推荐给我的。我也可以说:是我的瑞士出版商梅拉妮·苏格。顺便说说,即便破产,我也不会穷困潦倒。因为——啊,这个秘密要能藏在心里多好——我也写了好几本书,并且公开出版了。自然用的笔名。这世界上不断有人写书、印书,这对我是一大鼓励。我无法抵御这种魅力,所以开始写作。我的第一本书题为《痛苦减半①:快乐人生指南》。这

---

① 原文是拉丁语:Solamen miseris。源自:Solamen miseris socios habuisse doloris,意思是:苦难有伴,痛苦减半。

里用半句拉丁文,是想提升自己一点身价。第二本是《自由泳:意识训练指南》,然后是《倾盆大雨:自慰指南》,然后是《脏话:正确使用指南》,然后是《头不晕:自我思考指南》,然后是《侏儒妖怪:寻找自我指南》,等等。如果不是因为《痛苦减半:快乐人生指南》卖出770,000册,我不会一本又一本地写。第二本书卖出830,000册,第三本920,000册。第四本销量大跌。但是第五本之后就一路畅销。

我后来不再写书。卡洛斯当然不读我的书。我每出一本书他都要嘲笑一番。我早就习惯了自嘲。我这不是文学。只有成为文学的书籍才值得认真对待。卡洛斯有时说:幸好我们还可以嘲笑你的书。他甚至说,他觉得我很了不起,因为我说自己写书只是为了打发时间。这才叫自信,他大声说道,堪称榜样!你的书最大的优点,在于看看书名就够了,看了书名就知道你写了什么。

卡洛斯从不看我的书,所以总是拿我的书名取笑。每出一本书,我们——他和我——就一起嘲笑书名。事后我发现自己受到了刺激乃至伤害。但是我不能承认这点。卡洛斯是文学家,擅长咬文嚼字,是天才。我是一个追求销量的闲来写手。至于说卡洛斯对我的背叛是否与那一路走高的销量有关系,现在我不敢肯定。我不会再写这类书了,但一个书名曾经浮现在脑海里:《背叛作为艺术:弑友指南》。

我相信,卡洛斯也可能出于嫉妒把我推翻。我的看法无非表明我低估了他的内心世界!他的诗集销量从未超出500—900册。这只能坚定他的一个信念:他的诗歌都是语言事件,当今世界还不够成熟,无法理解这些语言事件。他最近几本诗集的标题为:《避光》

《不轻松》《像空气一样》《锁链畏惧症》《头顶的露珠》。每说一个新的标题,他都像发现了一个新的星球。

祝好！　特·沙

又及3:梅拉妮·苏格出名,靠的是一种色情诗意。那种深红色的词语世界,过去源自法国,如今源自美国。梅拉妮·苏格依然为其处女作自豪。书中描写一个美国作家,一边对着镜子手淫,一边讲述自己的感受,讲了整整101页。但如今的梅拉妮·苏格已不再年轻,她变成了卡洛斯·克罗尔、我还有其他人的出版商。

也许我在改行:没有什么事情是超越美的。

又及4:最后的最后补充一句:很久以来我一直在体验重力,所以把自己看成地心引力专家,我没读爱因斯坦也知道地心引力场必然影响电磁辐射的频率。我不会什么我就敬佩什么:重力测量。所以,我敬佩穆斯堡尔[①]。穆斯堡尔效应。对重力影响的测量。我确信这在一百年后是可以测量的。穆斯堡尔称之为:原子核辐射的无反冲共振吸收。如果我再成立一个公司,就生产反地心引力技术。我出资支持一项旨在证明可以通过电磁辐射频率影响重力场的研究。迄今为止,重力被定义为是在地球上不可取消的。如果一项微小的、能放置口袋里的反重力科技能够成功的话,我们都能飘浮起来,或者想飘浮的时候

[①] 鲁道夫·路德维希·穆斯堡尔(Rudolf Ludwig Mößbauer, 1929—2011):德国物理学家,1961年诺贝尔物理学奖得主。

就飘浮起来。地球重力随之消失。这将是我的终极产品。

致以友好的问候　特奥·沙特

又及5：因为梅拉妮·苏格，我在维尔登施泰因城堡认识了卡洛斯·克罗尔。她慧眼发现的作家将在城堡举行作品朗诵会。在骑士大厅。她为他安排的。卡洛斯·克罗尔是一个天才，也许抵得上两个天才。从慕尼黑到维尔登施泰因城堡并不比从苏黎世过去更远。我们已经多久没见面了？我一直在等你出一本书！来吧，你不会后悔。我去了，没后悔。夏季的一个周六，维尔登施泰因合唱团两次登台演唱，分别在朗诵会之前和之后。这座宏伟的石头建筑被歌声唤醒，肩负起它作为背景陪衬的使命。倾听这位年轻作家朗诵的时候，我就像在听一门外语。一个个的单词我明白，凑在一起却不知所云。但是听众热烈鼓掌。我也鼓掌。伊莉丝（我的妻子）也鼓掌。伊莉丝鼓得比我还响亮。我鼓掌，是因为我看见梅拉妮期待的目光。

我对历史知识有抵挡不住的兴趣。维尔登施泰因，封·齐默恩伯爵避难的城堡。总是坚不可摧，鼠疫也奈何不得。就是说，当初竟然可以把百姓发动起来，呼哧呼哧把一座巨型石头巢穴搬上山头，安放在悬崖峭壁上面。城堡的围墙与岩石融为一体。我们举目眺望。从这200米的高处眺望纤细温柔的多瑙河。外面闹鼠疫之后，齐默恩家族没再让任何人进入城堡。他们由此躲过一劫。听说这个家族后来还是走向消亡。当然是自身原因。

我们，伊莉丝和我，被城堡的最高建筑即指挥塔所吸引。事情就发生在这里。塔楼不折不扣地吸引着我们拾级而上。射击孔里不时落进一缕落日余晖。让我们坚持到底的,是我们所听见的声音。在洒满落日余晖的顶楼,有一个人坐在地上拉琴。吸引我们的正是他的演奏。我们侧耳倾听,直到琴声终止。这位大提琴手对着我们这边说了一声:巴赫。就是说,我们进来的时候他已经注意到我们。他自我介绍:卡洛斯·克罗尔。哦,我说,就是您啊!您是特奥·沙特,他说。现在只缺梅拉妮了,我说。你用不着为她操心,伊莉丝说。随后她把话题引向刚才的演奏,以示涉及巴赫和大提琴的时候她是有话可说的。我求之不得。但由于在兴头上,我不得不告诉他,落日、城堡顶层、大提琴演奏的三重组合使我心潮澎湃。关于音乐的音乐,卡洛斯·克罗尔说。尽管他的语气和言简意赅的表达带有一点训诫意味,我依然表示赞同。也许我有点操之过急。我被这家伙迷住了。他坐在那里,迎着余晖拉琴,而且我感觉他演奏的是一种对音乐本身进行思考的音乐。多么潇洒!后来当我把当初的感受告诉他的时候,他用行家对外行说话的口气说:你的感受不无道理。

伊莉丝和我在骑士大厅的预留座位落座,我们的穿着却说不上雍容华贵。卡洛斯·克罗尔穿着一条破得不能再破的牛仔裤出场。随后是梅拉妮·苏格出场,无知者也能一眼看出这是谁,这只可能是谁:城堡的女主人!齐默恩家族的一员!如此优雅,如此高贵,如此低调,如此高贵的淳朴,与城堡融为一体!当她在我们旁边落座的时候,我不得不鼓掌。她已知道我们认识了她的宠儿。我对她说:卡洛斯·克罗尔演奏的时候就像一个年轻的神。她说,如果一个年轻的神能够如此演奏就好了。

卡洛斯·克罗尔和我成了一对朋友。我资助他的诗歌出豪华本。

我请人专门为他的诗歌开发了一种字体。他幻想着建立斯特凡·格奥尔格①式的诗歌帝国。他崇拜格奥尔格，但从不模仿格奥尔格。我不知道斯特凡·格奥尔格是谁，卡洛斯对我进行了知识扫盲。卡洛斯·克罗尔的目标，不是建立一个面向精英的艺术宗教，而是让艺术极端平庸化。他的诗集看起来像是垃圾堆里捡来的，但这是一种精心策划的效果。我们是朋友，我们曾经是朋友，我依然相信，这样的朋友在我们的时代没有第二对。我们在政治上不一致。他有多左，我就多右。我一直耐心等待，希望随着时间的流逝，他那种像是带有青春期特征的政治腔调会趋于和缓。我的希望破灭了。但是我们几乎从不争吵，我们相互嘲笑。我，一个死不改悔的资本家；他，一个死不改悔的激进分子。他推翻我的事情跟我们的政治分歧毫无关系，这点我确信无疑。说到底，政治对我们来说无所谓。事实上，我的右派立场有多少水分，他的左派立场就有多少水分。我们可以争论到面红耳赤，但我们谁也不会采取"右派"或者"左派"的行动。也许可以说，他和我的政治思想属于网络虚拟世界。

没错，绝对没错，想当初，我头脑简单，思想偏绿，是一个把改造世界视为己任的傻子，不能忍受日常生活中司空见惯的丑陋，我的上帝，我给外交部长写了信，他名叫金克尔②，无论如何跟我是一派，自由派，我在信中粗暴地要求他保护塔斯利马·纳斯林③！以免其

① 斯特凡·格奥尔格（Stefan George, 1868—1933）：德国象征主义诗派的代表人物，20世纪上半叶最重要的德语诗人。
② 克劳斯·金克尔（Klaus Kinkel, 1936—　）：曾任联邦德国外交部长、副总理以及自由民主党主席。
③ 塔斯利马·纳斯林（Taslima Nasrin, 1962—　）：孟加拉国小说家。

成为宗教恐怖主义的牺牲品,因为恐怖主义者已向她发出死亡威胁。这类政治手淫我后来就做不成了。

也许我全是误判。也许卡洛斯还是出于政治原因不得不把我推翻。这个我没法相信。

又及6:我做过尝试,想让我唯一的朋友理解我的政治立场。

为实现其有关德意志帝国的理念,俾斯麦用封建时代的方式在资产阶级时代发动了三场战争。历史发展的正常结果应该是一个包括奥地利在内的德意志合众国,一个联邦制国家。如同俾斯麦发动了三场战争,威廉二世发动了第一次世界大战。但他头脑太简单,不会借助战争工具实施俾斯麦式的政治外科手术,所以一战的结果就是凡尔赛和约。德意志民族被本国的一个封建贵族小丑似的彻底忽悠了。凡尔赛和约以怪诞的方式对怪诞的挑衅做出回应。1918年,德国人发动了一场早在1848年就已成熟的革命。一战使德国的地位一落千丈,落到跟俄罗斯一样的田地,尽管俄罗斯比它落后许多。它在一场俄国革命和一场德国革命之间摇摆不定,但最终还是没有爆发革命,没有获得解放。

当时的世界不是一个经过启蒙的疗养院,所以,德国在1918—1933年间遭到了精神病罪犯的待遇,它只好去希特勒那里寻求福祉。1945年后,世人想通过一次大型外科手术保证去除德国之害:该切除的,都切除了,剩下的再切成两半。切割之后的德国,使人高枕无忧。

我曾经的朋友也是一个无政府主义者。我总叫他业余无政府主义者。也许我早应阻止他,不让他发表这些常常听着很刺耳的高论。我们的舍鲁斯克部落首领赫尔曼是一个阴谋家！因为他在什么地方偶然听到一点有关赫尔曼纪念碑的事情。听说在美国、在密苏里州有一座城市取名赫尔曼。对于这种事情，他总是冷嘲热讽。这位舍鲁斯克人避免了日耳曼人被训练成罗马人，正是这点让他愤愤然。难怪他把德国的统一视为一种不幸。他属于那种把分裂的德国称作文化民族的左派。三分之一被囚禁，三分之二周游四方，但二者合在一起是一个文化民族，等等。谢天谢地，后来出现了一个统一的德国，但是他觉得这是一件令人作呕的事情。也许他为此不得不把我推翻。我现在尝试理解他，尝试蔑视他。我必须把他变成一个可耻的人，不能止于表表决心。我必须做到蔑视他，发自心底。必须让他原形毕露。不用理会他的背叛造成何种后果。把事实摆上桌面。就这样，必须这样！

他把我出卖了。消息传来——那是一个周三，我坐在原地一动不动，第一时间什么样就保持什么样。从一家美国的律师事务所来的传真。佶屈聱牙的专业语言。简言之：他们选择舒姆。奥利弗·舒姆。有时我也想过给自己取名奥利弗·特奥·沙特！我觉得在生意场上拿"奥利弗"为自己加分不公平！何不干脆取名所罗门！这封佶屈聱牙的传真写道，好在我们的合同里还有这个和那个条款没有满足。我相信我当时一动不动坐了十四个小时。不让人打扰我。然后由鲍姆豪尔女士出面处理必须处理的一切。解散公司什么的。我开车赶到赫特里希大街，跟全体员工告别。一个人一种告别方式。他们都知道发生了什么事情，谁都没说话。握手，抚慰，落泪。

特·沙

又及7：现在说说卡佳，她自杀了，一年前。事前还打电话给我。她有足够的理由做她随后所做的事情。但是现在想起她在电话里提到一个词。自杀论坛。我按她说的做。注册上网。卡佳说过：她从论坛学会了怎么做。我很清楚：不能卧轨。有一回我在巴特奥尔德斯洛看见铁轨上有一堆令人作呕的东西，那是有人迎面撞向火车的结果。论坛上全是自认为有自杀倾向或者的确有自杀倾向（这是从论坛学到的新词）的人。他们讲述各种让他们深受触动的事情。每当他们讲述刚刚有某个男人或者女人如何自杀的时候，我总是尖起耳朵听。他在周一晚上把烧烤机的木炭点着了。或者他把氯喹方法和木炭方法结合起来。但是他们有关自杀动机的讨论也吸引我。一个化名紫菀的女人称自己的求死念头不可逆转。这个词立刻征服了我。相比之下，"不可改变"表现乏力。太平淡，太平常。我没有对不可逆转进行词源考证。我不是语言学家。语言学家不仅要知其然，而且要知其所以然。不可逆转对我有一种不可抵挡的魅力。求死念头不可逆转。

我也在这些有自杀倾向的人群里发言。他们正在七嘴八舌，把各自的求死念头追溯到所谓的心灵创伤。紫菀写道：我本不该来到世上。这个女人把自己的求死念头讲得合情合理。一个男的接着说：我是粗暴的利己主义的产物。随后有一个人反驳另外一个人的求死念头的真实性。他们说的一切都吸引着我。包括各种自杀方法。很显然，论坛总是一段时间有一个主题帖，也就是一个话题。我的情况及经验根本不在他们的议论范围。我必须让这些命运伴侣理解我的求死念头。也让自己理解。为何不可逆转？

我讲述的事情,又是从论坛拷贝下来的。论坛最吸引人的地方,在于谁也不用自己的真名。这些有自杀倾向的人通过网名传达自己的身份和状态。经常都闹不清发言的是男人还是女人。我回帖的那两个肯定是女的。

我的回帖如下:

可爱又可敬的同命者!

和忧郁不同,我没认为自己一败涂地,但是我活不下去了。我来到本论坛,不是因为长年具有自杀倾向,而是因为我遭遇了显然你们谁都没有遭遇的事情。有一个本来不可以背叛我的人背叛了我。十九年亲密无间的关系。一种举世无双的友谊。他从我这里得到不少外在收获;我从他那里有多得不能再多的内在收获。随后背叛了我。不解释,只做不说。造成既成事实。这种事情竟然可以发生,这彻底粉碎了我的人性观。迄今为止我不相信一个人可以做出这种事情。估计斯大林和希特勒有理由相信。每一个杀人犯都知道自己为何杀人。在我这里只有赤裸裸的既成事实。他背叛我,导致我的公司立刻解散。所有员工被解聘。最心狠手辣的竞争对手成为我破产的受益者。这是我那位朋友干的好事。我想说:既然可以发生这样的事情,我必须重新审视人性!如果人性如此,我就不再想留恋人生,也不可能再留恋人生。我随时准备与老虎和蚂蚁为伍,不再与人为伍。对人的信任荡然无存。必然性不可逆转。谢谢你们让我学到一个词。谢谢你,紫菀。你显然也已心如死灰。我也一样。现在缺的是技术。我担心自己没技术天赋。所以我欢迎给我提建议。尽管我认为必然性不可逆转,我还是想尽快了结。啊,因为我的必然终结包含诗意,我情不自禁地要引一首诗歌。偶尔有人嘲笑它。但是我不会。我希望它在自杀大合唱中并非不受欢迎。

> 我经历生命最后的辉煌,
> 迎接我的是黑夜和死亡。
> 我站在理想之路的终点,
> 笑捧幸运递给我的花朵!
> 有命运辅佐,我将坚持战斗;
> 永恒的霞光,冲破死亡之夜。
> 我责无旁贷,抛洒鲜血,
> 仁慈的神灵,光芒照耀我![1]

特奥多尔·克尔纳

弗兰茨·封·M 书写

---

[1] 语出剧作家特奥多尔·克尔纳(Theodor Körner, 1791—1813)的剧本《兹林斯基》第五幕第二场。

二

但是我说了算，作家先生。在您的刺激之下，我一蹴而就，拼贴出一篇文字，但我根本不必寄给您。我在利用您的刺激。我并不需要您做现实的证人。您对我可有可无。我可以对您为所欲为，做一切有利于我的事情。至于是否把这投递给您，我不想知道。您是一面镜子，我要引以为鉴，首要关心的，必然是以前所未有的细致打量自己：我登录自杀论坛，这意味着什么？

为了卡洛斯，我创办了美化者公司。他希望我把销售商品的本事用于广告实践。他遂了愿。我曾开玩笑说过：任何产品到我手里都畅销！他说：证明一下！我成立了一家公司。由他来领导。在相邻街区，在梅尔希奥大街。但是我本人从未在公司现身。他提供我任务，我提供他文本。美化者的广告词句销路甚好。这是我对没有什么事情是超越美的这句至理名言所做的贡献。对于需要我促销的产品，我总是慎重挑选。劣质产品我从不美化。由于我从不在客户面前露面，由于卡洛斯把我塑造成一个神秘人物并保证美化者远在天边,美化者就变成了行业品牌。卡洛斯把我推翻之后,我立刻解散了位于梅尔希奥大街的公司。他没法在《南德意志报》的副刊上宣布:顺便告诉诸位,美化者姓甚名谁,住在索恩区的哪条街。他,卡洛斯,当然没有为广告词的撰写作贡献,哪怕是一个字。他觉得,写广告词是对天才的亵渎。

美化者不复存在。他是如何把我推翻的?通过赤裸裸的背叛。他选准了时机,当时我刚刚签下迄今为止最大的一单合同,出现软肋。此前有一个美国人向我推销从蛇毒中提取的一种对付心肌梗塞的药物,还附上了最负盛名的美国机构和专家学者署名的鉴定书。我不得不投入9800万美元,计划在北卡罗来纳州建厂生产。药物取名散可酊。因为我想尽快投产,所以专利谈判尚未结束就把厂房建好了。有时我在想,这一切都是卡洛斯策划的,为的是能够在我投资之后背叛我。直到今日我还在抵抗自己的分裂症想象。他把我出卖给我的主要竞争对手奥利弗·舒姆。此人毫不迟疑,把我狠狠地干了(用词这么粗俗,不好意思),狠得前所未有。我连两百万的本金都拿不回来。我一向冒险投资,但从未冒过这么大的险。卡洛斯·克罗尔知道实情。他知道底细。我的父亲,伟大的发明家巴特尔·沙特,在北卡州的桑福县创造了最为辉煌的业绩。

在此也许可以插一段巴特尔·沙特的生平。1914年生于伊斯尼,慕尼黑大学毕业,他父亲已在爱克发公司工作,但随后战争爆发,阿尔高山民出身的他随猎手山地师进入高加索山区,斯大林格勒大败之后还乘船前往克里米亚的费奥多西亚,后来混在逃难人群中间离开费奥多西亚,朝帝国方向走,在奥尔姆茨①被美国人截获,移交给俄国人,因为雅尔塔协议规定:跟俄国人打过仗的战俘,都移交俄国人。先是关在奔萨集中营。然后转移到伏尔加河畔的一个集中营。成堆的木头从这里上岸。就是说他进了造船业。他声称自己是电焊工。然后去了莫斯科。他们把他和他父亲搞混了,他父亲在爱克发做相机镜头,是六百个专家中的一员。俄国人邀请他们在苏维埃联邦自由地工作十年。只有十二个人接受了邀请。其他人宁肯回到集中营。他也一样。后来他在东京碰到一个关押在同一个集中营的日本人。据此人讲,几年后在遣返回国的途中,有十五个人跳海。全都是跟俄国人合作过的人。巴特尔·沙特在1950年1月6日回到故乡。他父亲给他提供材料。他也开始做相机,做好后寄给了做电影摄制器材的贝尔豪公司,获得邀请,可以留在那边,北卡州。有人把他介绍给州长。州长说:在我们这里,创造利润不可耻。他进行了一番考虑。俄国综合征还在发挥影响:尽量远离他们!但随后还是返回家乡。已经呆十年了,够了。立体摄影机变成他的长项。他研发了动态经纬仪。他在桑福建立了一个企业,生产他发明的东西。他在五十个国家有一百二十项专利。美能达曾经在他这里购买了五十台机器,两年后进行仿造。他写信告诉仿造者,自己感觉很荣耀。

现在他面对巨大诱惑:父亲在北卡州曾雇用五十个人。他要成立一个六百人的公司。几位教授对散可酊做了鉴定,其中一个写

---

① 今捷克东部城市奥洛穆茨。

道:"今后美国人会像吃面包一样吃散可酊。"

总之,我向我的朋友承认,在北卡州大显身手的前景使我抛弃了审慎行事的风格。卡洛斯·克罗尔出卖我可以拿多少报酬?他是否为此要求给他报酬?他得到多少报酬?这些我一概不知。舒姆可以说等待多年,现在他赢了,他在上巴伐利亚生产这种药,取名可散酊。如果在我这里,我会给它取名散可酊。卡洛斯啊,卡洛斯!我听说,这是上百万的生意,正朝十亿的规模迈进。

三

    自杀论坛总有密密麻麻的留言,其中一条是紫菀写给弗兰茨·封·M 的,弗兰茨·封·M 则是我最后的身份。紫菀第一次给我回信。

亲爱的弗兰茨·封·M:

    我无意否定你的痛苦:你可以确信背叛有不同的面孔,论坛的多数人要么身患绝症、病入膏肓,要么遭遇过背叛,许多人在天真烂漫的孩童时代就有了这种遭遇,当时他们还无法想象世上有背叛存在,或者可能有背叛存在。

    我再次声明,我无意减轻你的痛苦:我一向认为,稳固的地基使我们的房屋能够抵御狂风暴雨,即便地动山摇,也能做到完好无损,使人高枕无忧。尽管你暗示你的地基很牢固,但是你的房屋似乎已经倒塌,或者已经被你自己推倒,原因我们不得而知。

    你的故事听着像一个侦探故事,像一个商业侦探故事。你在故事里是操控者还是被操控者？既然有长达十九年的稳固关系，这友谊的小船怎么说翻就翻？你的朋友怎么可能做到小船倾覆而不落水？或者说他甘愿承担落水的后果？

对不起，你给我的印象就像一个浪漫派。一方面是因为你好像在用浪漫派的眼光看世界。另一方面，你必定也以很不浪漫的方式捍卫利益，除非你是一个彩票造就的百万富翁。我产生这种想象，是因为你的生平片段给我造成这一印象。我无法评判是非，更无意评判是非，只是我想象你的影响力很大，超出你想让我们产生的预感，也超出你愿意以非浪漫方式承认的范围。

我绝不为人的价值辩护。我感觉自己与人的价值和人本身都相隔数光年。我也知道，你描述的所有这些事情是可能的，甚至是不言而喻的。

唯有你显而易见的诧异令我诧异。

紫菀

又及：千万别误会。我非常认真地对待你的痛苦。只是我相信你拥有的权力比你想象的多。

四

伊莉丝说：你一定伤害了卡洛斯，因为你从未对他的诗歌发表看法。他没法原谅你。

我意识到这一缺憾。对于诗歌，我可是无话可说，更甭说这类诗歌。我自然也尝试对其诗歌做出反应。我描述过自己的感受：读他的诗歌，就像是受到一次次无意的抚摸。他用手在我脸上抹了一下。就是说，他扇了我一耳光。但是他随即拥抱我，哭了。补充一句，他很容易哭。让他哭比让他笑更容易。有时候我觉得他那些不知所云的诗歌枯燥乏味，在我看来，他动辄哭鼻子就意味着承认这点。哭完之后，他说：你还从未以这种方式伤害过我。我拥抱他，他甩开我，嘟囔道：你放开我。然后他以先知口吻——说到自己的诗歌他总是这种口吻——宣布：他的诗歌都是语言事件，人们却视而不见，因为这是一个让平庸者大行其道的世界。他的诗歌具有——他不是第一次用这个词——自闭倾向。我查过词典，但依然不解其意。

我把伊莉丝说的话纳入可能导致他将我推翻的各种动机的清单。耐人寻味的场景够多的。有一回,梅拉妮·苏格对他的一篇稿子没有做出应有的反应,他就直接来赫特里希大街找我,我不得不马上中断会议。他说无比急切,需要听听我的意见。他背靠墙壁,仿佛要把自己钉上十字架。他说他要跟梅拉妮·苏格永远断绝关系,她无非是一个站街的婊子!还说我是第一个听他讲这话的人。

我故意沉吟片刻,说:戒骄戒躁不是天才的特点,但可以是天才的优点。

他:还有什么话?

我:请把实情告诉我。

他一边说话,一边把自己顶靠在墙上:她怎么评论我的新书稿、我的新诗集《存在的裂痕》?你又一次超越了自己,恭喜!就这么一句话。她根本没想到自己不是第一次写这个句子,无论我寄什么书稿给她,她都以不变应万变。《存在的裂痕》,你明白吗,明白什么是《存在的裂痕》吗,竟然用这句话来打发!一个作家,他的出版商应该永远对他说:你是当今世界最伟大的作家,你也许是古往今来最伟大的作家,而且要说得令人信服。如果做不到,那就枉此一生。一个出版商如果无法完成对自己的作家负有的基本义务,作家就必须拯救他,让他脱离可耻的世俗存在。这是我的信条。

我:太棒了,卡洛斯。

他一下子从墙壁弹开,朝我跑来,吊在我身上,放声痛哭。我轻拍着他,直到他停止哭泣。

前不久,那是去年冬天,在前往苏黎世的路上,大雪纷飞,六点钟就已漆黑一团。过了梅明根①之后,汽车遭遇路面打滑,开始漂移,我使劲打方向盘,不管用,汽车冲入厚厚的积雪当中才停下。我马上说:卡洛斯,你留在车上,空调开着,我顺路往回走,去找最近的紧急电话。天刚擦黑的时候,我隐隐约约看见一个电话桩。我穿着低帮鞋,踩着高速公路边上厚厚的积雪行走。我需要向他展示他比我重要。如果让他这么走一趟,他会马上得肺炎,或者相信自己会马上得肺炎。我只得了个支气管炎。

有一回他扮演被钉十字架的耶稣,大声喊道:My name is Carlos, I represent the Blues, in fact, I am the Blues.②。

还有网球!既是最美的运动,也是最残酷的运动!不再拉大提琴之后,他发现了网球。施特菲·格拉芙和鲍里斯·贝克尔缔造的网球传奇刚刚掀起一股网球运动热。卡洛斯·克罗尔不甘落伍。那是我们一起坐在电视机前观看网球比赛的时代。施特菲·格拉芙第一局以6∶3赢了塞莱斯,然后一败涂地。我们的偶像输了,那场比赛直接影响我们的血液循环。我们的呼吸很不均匀,一会儿屏住呼吸,一会儿咬牙切齿,一会儿紧扣十指,一会儿唉声叹气……她明明可以赢,但她就是赢不了。

卡洛斯·克罗尔自然去慕尼黑最豪华的伊菲托斯网球俱乐部学网球。我表示祝贺,说:如果他愿意,我乐意成为他的陪练。我俩

———————————

① 位于巴伐利亚的小镇。
② 英语:我叫卡洛斯,我代表忧郁,事实上我是忧郁的化身。

打球,完全是一场对话！我让着他,保证他能接着球。但这种情况没持续多久。一年后他就成了一个必须严肃对待的对手。我俩你一拍我一拍,打得非常开心。后来他超过我。他跟教练学了一些打法,是我连名称也叫不出来的。他总是预告他的击球,这对我却毫无帮助。我要往你的长线打穿越球！击球。得分。或者:看好了,反手接发！击球。得分。或者:我用切球回你的发球！击球。得分。他很享受,因为他的优势迅速扩大。我们的最后一次比赛就太典型了:他用球拍把他那边的蜗牛全部铲出场外。我这半场的正中有一只蜗牛。由于我没能把这只蜗牛弄走,我在它的前后左右蹦跳了足足一个小时。为了证明他在场上已经想怎么玩我就怎么玩我,他甚至让我节节胜利,手握四个赛点,随后他照样一路横扫。他还有本事让我打到抢七,然后轻松拿下最后一盘。

五

伊莉丝突然问：你知道吗？

我：知道什么。

她：苏格的宠儿。

我：他怎么了？

她：他是坏人吗？

我：知道就好了。

她：我有个发现。

我：什么？

她：克莱斯特！

我：克莱斯特？

她：海因里希·冯·克莱斯特①。

———————————

① 海因里希·冯·克莱斯特(Heinrich von kleist, 1777—1811)：德国剧作家, 小说家, 诗人。

我：著名作家？

她：著名作家！我想起他的一个小说，《弃儿》。这篇东西我又读了一遍。你的克罗尔的某种气质使我想起他来。

我：现在我充满好奇。讲来听听！

她：故事很复杂，但传递的思想很简单。一个叫皮亚齐的意大利商人带着十二岁的儿子途经一个闹鼠疫的地区，一个男孩子举起求助的双手，想搭乘马车。商人捎上他，他传染了商人的儿子，商人的儿子死了，商人收他做义子，让他接受教育，最后还把全部财产转给他。这个名叫尼可罗的义子尾随商人的妻子，想强奸她，她死了。尼可罗把商人撵出门外，因为现在一切属于他。皮亚齐杀死了尼可罗，然后被公开处以绞刑。但是皮亚齐应该在就刑之前请求宽恕，因为任何人都不可以在接受圣礼之前被处以绞刑。皮亚齐拒绝了。他不想得到拯救，他被诅咒到地狱的最底层，以便能够再度对尼可罗实施复仇。最后是教皇亲自拍板，在没有教会祝福的情况下对皮亚齐施以绞刑并予以安葬。克莱斯特把弃儿做的事情称为"古往今来犯下的最丑恶的行为"。

我：卡洛斯·克罗尔有过之无不及。

她：没错，他跟克莱斯特笔下的尼可罗一样邪恶透顶。

我：克莱斯特写的还是作恶之人很邪恶的时代。

她：作恶之人不邪恶又是什么？

我：卡洛斯要是很邪恶，我就得救了。伊莉丝，谢谢你。你帮了我大忙。克莱斯特的故事使我清楚地认识到卡洛斯不算邪恶。

伊莉丝摇摇头，这意思是：在我眼里他很邪恶。

六

　　紫菀给我回信，这让我几乎兴高采烈。但是她的答复完全不是我希望见到的样子，所以我不得不再给她写几句。

亲爱的紫菀：

　　你给我的回复分为五个段落。每一段都令人折服或者一语中的或者感人肺腑或者使人惭愧……我不知所措，还没缓过劲儿来。这都好几天了。每一段来一个新话题，然后用四五行字勾勒一个完整的生活图景。你在字里行间流露出一种不只在我这里得到验证的世事洞察力。你明察秋毫！我也逃不脱你的眼睛。就是说，你对我的评价全部正确！尽管如此，我过去什么样，现在就什么样。就是说，即便我不得不承认你有道理，这也无济于事。没错，没错，我大声喊道，但是……你显然是一个哲学-心理学大师！西方世界的权威阐释。我走到头了。现在为何轮到我，如何轮到我，我很想知道答案！但知道又怎样。我必须离开人世。现在言归正传。

我向你提问,是因为我对**不可逆转**这个说法情有独钟。若是我,当然不会把这个词和**求死念头**这类词语奇葩地联系起来。所以,言归正传:现在我对你们这里的情况已经有所了解,我希望自己能够用符合论坛的方式表达思想。

现在我明白了,论坛总是众人围绕讨论议题提出建议,你们称之为主题帖。随后有人根据自己的困境对主题帖进行描述,想回帖的就回帖。很明显,我不想开主题帖。我脑子里只有自己的问题,我的问题是:我如何冲刺?最后一百米。办最后一件事。所以我闯入主题帖为"**最后的话**"的论坛。我读了一帖又一帖。有自杀倾向者都能说会道。其诉说欲望与表达能力平分秋色。看看他们怎么写!小时候就尝试在晾衣架上面吊死自己,但继母比死神动作快!他纵身一跳,落差不够!上吊的绳子断了,还要体会绳索勒进脖子留下的痛苦!等等。

所以要寻找正确的方法!顺便说说,如果他们中间有谁自杀成功,依然活着的就会持续不断地、情真意切地表示哀悼。大家把蜡烛点上,人人都为成事者写两句祝福。我在外面没见过更加深切的哀思。也没见过如此之多的肯定、敬意和同情!我还发现,尽管人人都有自杀倾向,但真要一了百了,还需要一种先前根本没法想象的力量或者软弱!有人宣布即将一了百了,大家便争先恐后地去领养他的猫或者狗!一个男的走了,一个女的马上表示希望保留他的一张照片,以便到了彼岸可以把他认出来。还有人把《新约》句句当真,相信肉体的复活,所以想在自杀的时候避免造成任何外伤。这已超出感人的范围了。

但是，亲爱的紫菀，我不属于这类人。我只想要一种我能掌控的技术，然后一了百了。一种不会受到残余的求生欲望干扰的技术！我也读到一些相关的说明和警告。你认为自己的求死愿望不可逆转。我是谁，竟敢质疑你求死愿望的不可逆转！我承认——也许我应该开一个主题帖，我也想用自杀来惩罚把我搞垮的人。写出这句话之后，我感觉这不是事实。不完全是事实。我希望他对我做的坏事给他造成痛苦。我想在他心里唤起一种接近遗憾的感觉。不排除悲痛。如果他为杀死我而痛苦，我就没有白白死去。但这不是真正的原因。这是一个追求副效果的最后愿望。我的求死愿望清清楚楚、不可逆转：如果我遭遇的事情属于可能发生的范围，我就无法活在世上。够了。

多数自杀动机让我感觉比较陌生，但有一些感觉志同道合。有一个人的女朋友被叉式装卸车碾碎了，他不想活了，他没法活了。后来我自然把弗里森布尔格写的所有文字都读了一遍。他是当代自杀者中的圣人。在助人为乐好几年之后，他自己也成功自杀。他那篇题为《有效而人道的方法：来自木炭的一氧化碳》的文章已成为我的《圣经》。我们回想一下他前言里的第一句话："本文的更新和完善有赖于不同的使用者长年累月的经验积累。他们毫不迟疑地拿自己的生命来冒险。"

我研究如下课题："没有惊慌和痛苦的非常规窒息……理想的剂量和材料……用一氧化碳测量仪来测量……用蚁酸或者借助二次的、延时的点火补充一氧化碳……"在我看来，迄今为止还没有哪种方法像弗里森布尔格介绍的方法一样有益。一旦读到他的文字，我怎么摘录也不嫌多。

我希望自己很快以得体的方式与你告别。奥尔热吕丝,一个一言九鼎的女人,把叉式装卸车给一个女人造成的伤害称为"生命中的一个荒唐的、不可理喻的偶然事件,或者劣质赝品"。我发现,如果这样看待恶行(这是某个人对我犯下的恶行)该多好。可是我做不到。"劣质赝品",这是一个很诱人的混合。而这恰恰不是针对我的行为!

你的自杀者向你问好!

* * *

嗨,弗兰茨:

还是创建你自己的主题帖吧!首先,"**最后的话**"这个主题帖就不会离题太远(因为大家不太喜欢跑题)。其次,我觉得你的故事和你写的其他事情都很有意思。考虑一下吧。每个人都可以写自己的事情。这样你肯定会得到更多的回复。

别往心里去
超越时间

这是一个女人。这种可以明显察觉的善意男人写不出来。所以我马上回复:

上帝保佑,超越时间(我不好意思写"嗨")。

你的建议很仁慈,很暖心。你善解人意。但我不想再让人理解。尽管我无法证明每一次理解就是一次误会,但我是这么想的。千万别琢磨我说这话想表达什么意思。我绝不可能搞一个自己的主题帖。

请谅解
弗兰茨·封·M

紫菀马上也来了一封邮件:

亲爱的:

超越时间言之有理,你应该创建自己的主题帖,否则迟早会惹不愉快。

所以我把我的回复作为私信给你发来,你会在你的邮箱里看到。屏幕上方会显示邮件到达信息。

一会儿见
紫菀

我敲打键盘,马上进入我的个人信箱,看到了邮件。我读得心潮澎湃:

现在好了,弗兰茨·封·M。

我谈谈我的想法,尽管这并不轻松。现在我还没法理解你。我只知道一点：你下定了决心。没意见，正如你所说：自杀动机五花八门，不求人人理解(尽管我给自己提出了这一要求)。

你回避我的问题。你可以这么做，我无所谓。这不仅因为我的情况已经糟得不能再糟，而且你的胡乱吹捧其实没有必要。"权威阐释"……这是胡说八道，夸大其词，很危险，因为你有可能被视为"造假者"。

是的，我的求死念头**不可逆转**。有人长年累月对我进行耐心细致的开导，把人生描绘得天花乱坠，但是我的想法**不可逆转**。因此，既然我还没有长眠地下，既然我还在让自己的手指在键盘上跳来跳去，打出一行又一行的字母，这情况就更加可悲。我仿佛身处狱中，生死两难。

你显然找到了你的方法。这是第一步，哪怕是骗人的一步，因为它不会一条直线把你引向目的地。一缕微风，足以让路标翻转180度，让你茫然无措，进退两难。你一路很浪漫，来到死亡的门槛。你很难跨越这道门槛。你不要低估你的求生冲动，它诡计多端。论坛上可以读到令人吃惊的事情。你不仅会发现真心自杀和成功自杀者少之又少，自杀成功或者失败的尝试产生的各种后果同样令人大开眼界。根据目击者的描述，自杀成功者的身体和精神会连续几天进行反抗，直到他们摆脱痛苦、被拯救到彼岸世界。也有人进行最粗暴的尝试，结果造成严重伤残。譬如，有人从高处往下跳，没摔死，一而再再而三，直到全身骨折，无法进行新的跳跃；再如，有人背着司机偷偷用绳索把自己拴在卡车上面，在绳索扯断前让卡车碾轧自己，遍体鳞伤，然后跌跌撞撞走向一栋房子，那里肯定有人施救，能够保全性命。为什么要这么做？有时也读到药物剂量不当产生的后果。哪些做法可能失败,这是主题帖的信息部分。除了准备不充分,其他可能导致失败的因素也同样令人吃惊。失败之后要忍受的一切,则是无法描述的。有一种态度甚至使人觉得超越了人性:它因保住性命而感激涕零,又因感激涕零而得以忍受最糟糕的痛苦,有的还对痛苦不屑一顾。因此,你的推测千真万确,因为你说过,要一了百了,恐怕需要一种事前无法想象的力量或者软弱。

日光之下并无新事。这一古老的经验在本论坛得到集中体现。

为了骗过求生意志,恐怕需要大口喝酒,喝高之后则难以正确实施自杀行动。真是两难!

我被囚禁在两个世界之间,由此积攒了一些经验,所以我最后要提醒你一点:你盼望用死来制造影响或者进行报复。这说明你的自杀思想不够成熟,即便这也只是某种我没有理解的东西的副作用。

今天到此为止,如果我说的话不符合你的心意,那就请你多多包涵。

紫菀

* * *

亲爱的紫菀:

我对你只有感激,因为你为我开通了私聊通道。我要努力用好这一特权。

首先：我把你称为"权威阐释"，不是"胡乱吹捧"，我只是尝试回应你，因为你对我在论坛的发言做了精彩点评。看看你都说了什么：背叛有诸多面孔；尽管有稳固的双边关系，友谊的小船还是说翻就翻；我的故事像商业侦探故事，不知道我到底是操控者还是被操控者；我是一个用非浪漫方式捍卫自身利益的浪漫派；我的影响力超出我自己的预料！我拥有的权力比自己以为的要多。这难道不是权威阐释所勾勒的世界图景?！我不得不对你充满感激，因为你让我反观自身，知道自己在他者眼里是什么形象。

言归正传：对于我，你现在是、将来也是不可逆转女士。你对自身求死愿望的表述给我留下深刻印象。你说自己身陷囹圄，你的监狱似乎让你求生不得、求死不能。

亲爱的紫菀，我不知道一个人讲这些话是什么心情。我不禁想问你一个很不像话的问题：写上述句子的时候你身上穿的什么？这是一个很不严肃的问题。我收回。

我的真实状况是否如你描述那样，我还不得而知。"一缕微风，足以让路标翻转180度，让你茫然无措，进退两难。"我，浪漫直到死亡的门槛，但我"很难带着浪漫跨越这道门槛"。浪漫派，我不知道这是什么。我的生活在一帆风顺的时候也不浪漫。我过去一帆风顺，是因为我多数时候敢于做必须勇敢面对的事情。一种冷冰冰的感觉在引领我，随后是成功的喜悦。我体会到生活是可以取得成功的。直到事实向我证明，我一直很走运，我每时每刻的境遇都是必然的。世界就是这样，我遇到的事情，随时随地都可能出现。

我强烈抗议！我对我的抗议进行抗议！还去哪儿？哪儿都行，

只要没人那么说！动身吧,不管前往哪儿。对不起,紫菀,任何确定的事物都令我痛苦！我寻求彻底的不确定性！请原谅！

让你茫然无措,进退两难。你一路浪漫,来到死亡的门槛。但是这道门槛你很难跨越。

"一缕微风,足以让路标翻转 180 度。"你把这话甩给我。你不仅把自己的求死愿望称为不可逆转,而且把求死愿望当作求死愿望来体验。

亲爱的紫菀,我在这儿对你所说的也只能拿到私信里面说。我敬佩每一个在论坛里揭示自己的自杀动机的人。我显然还没达到这一境界。我在学习。除了自杀论坛,我不想在任何地方学习。我想通过测量、体验、感受,判断自己是否属于自杀论坛。迄今为止还没有谁像你这样令我大开眼界。如果我们保持私信联系,这对我可是求之不得的事情。我只知道自己放弃了意志！我用你的不可逆转来包裹自己！行行好,把我吸收到你的不可逆转当中！千万别丢下我。你的不可逆转魅力四射。我感觉事情如此怪诞。特别是你。

带着这类想法

你的弗兰茨·封·M

七

亲爱的作家先生！

如果我在明天或者不远的将来把我给您写的东西寄来，我就不可能这样称呼您。您可能感到意外，但您的确因为我给您写信而和我建立了联系。我对您的无理要求越来越多。您将变成一个前所未有的鼓励者！我自然是简单地假设，涉及卡洛斯·克罗尔的时候，您将更多地站在我这一边而非他那一边。千万别无条件地赞同！这会降低您的可信度！啊，作家先生，我需要一个对我有所期待的对话伙伴！最好是一个对我大有期待的人。一个在各方面都要求甚高的人！您一定要理解！我希望别人把我当回事，而我不把自己当回事！要得太多，我知道。

我夜不能寐，因为我想不通为何遭遇背叛。我找了最可靠的密探，让他们去敌方阵营刺探任何可以刺探的情报。行动还在继续。迄今为止的调查表明，推翻我不是一件蓄谋已久的事情，可能是一时兴起的结果。之前有个美国人搞了一个社交聚会。在市中心的莱厄尔区,一套顶层豪华公寓里面。还不清楚那个美国人是单纯的企业家还是兼职律师甚至发明家。卡洛斯·克罗尔受到邀请。还有一个女人也得到邀请,但不是跟他一起的。她是我的老对手奥利弗·舒姆的熟人。奥利弗·舒姆在慕尼黑支配的女人之多,已超出后封建时代的想象。听其召唤的女人一大堆,他总是根据一时的兴致,想召唤就召唤谁。他不仅有钱有势,而且聪明、博学、俏皮、富有想象力。他在慕尼黑搞的活动总是有声有色,女人们都是随叫随到。那一天他叫来一个女人,据说是地中海沿岸的容貌,让卡洛斯·克罗尔一见倾心。据我所知,他总是跟比他大十岁或者二十岁的女人在一起。有人向我报告说,那天晚上去莱厄尔参加聚会的那个女人比他大不了几岁。奥利弗·舒姆很会观察形势,他知道克罗尔在我这里扮演的角色,所以他果断出击。就是说,他还不知道利用这一机遇做什么,但他感觉克罗尔会上钩。很明显,他是导演。那个有地中海容貌的女人没有让克罗尔马上得手。她只需表现出她本来的样子。绝对的性感撩人。在舒姆帝国的女人堆里她的确有点与众不同。她肯定不是一个他可以随便召唤的女人,但她来了。她肯定做过舒姆的情人。做舒姆的情人是女人的荣耀。但是这个女人完全以舒姆所不习惯的方式与之打交道。她很喜欢跟卡洛斯·克罗尔交谈。他和她在进行漂亮的唇枪舌剑。奥利弗·舒姆想干预这场激烈的口水战,那个地中海女人却对他——晚会的主人——说:你闭嘴!她是一家美国康采恩的德国分公司的总管,是一个光彩照人的女资本家。克罗尔的左派本能受到严重刺激。他非征服这个女人不可。

我的情报人员迄今没有得到更多的情报。但是：那个女人在和卡洛斯·克罗尔口水战之后，打了个响亮的哈欠，对奥利弗·舒姆说她现在想走了。随后，房子的主人，一个谁也不知道在做什么的美国人说：如果你们想干，就去隔壁。即便在这个圈子，这话也很刺耳。他自然说的是英式或美式英语。我的线人报告说，值得注意的是，这个美国人也是一个艺术收藏家，一个所谓的母题绘画收藏家。而他的母题就是——有人向我报道——阴道。他屋里的墙上挂满了形形色色的阴道绘画。

我没法想象事情如何继续发展。调查还在进行。

我讲这些事情，是为了避免您把我视为一个神秘事件的牺牲品。也许我只是一个床上艳事的牺牲品。如果这俩成了一对，卡洛斯·克罗尔就会发现自己大有作为。也许他只是装腔作势，她，一个女资本家，对这个口头革命家一见倾心。奥利弗·舒姆全程指挥。他如愿以偿，他的手段要多可耻就多可耻。

亲爱的作家先生，这个故事的进展多么平淡无奇，这并不重要。越庸俗，越典型。我竟然值得他这么做！但也许是那个地中海女人如此特别、如此可怕，以致为她犯下的任何恶行都可以理解。卡洛斯·克罗尔终究是诗人。所以他屈服于感情的暴政，等等。

请原谅我的笔醮墨饱。我必须想想为什么交朋友，否则思考就是对我的酷刑。

亲爱的作家先生，您早就成为我自言自语的背景，我请您理解一点：一个昔日的美化者致信一个依然在发表作品的作家！他给您写信，因为他需要您。您是收信人、倾听者、证人，您是他需要的一切。他还不知道他是否会把写给您的东西寄给您。更为重要的是，他可以给您写信。

如果我给您写信谈我自己，我就假装成另外一个人来写我自己，或者根本就是另外一个人。没有谁像我这样了解特奥·沙特。伊莉丝例外。我希望通过讲述特奥·沙特的故事增进对他的了解。我陷入一个错觉，以为可以通过讲述特奥·沙特的故事，了解一些我先前不知道的事情。第一人称"我"总是如此狭隘，如此纠缠于自我。我不知道我通过第三人称"他"走向何方。我先通过第二人称"你"试一试。然后就可以考虑第三人称"他"。

你的经历尚还不如一闪而过的鸟儿。你离你并非你以为的那么近。对你来说，你的生活可以变得像另外一个人的生活一样无所谓。人不仅死一回。

八

　　伊莉丝是一株野雏菊。她时刻要证明自己是父亲的女儿。她父亲是一个从不失手的男人。如果跟人介绍父亲，她总是这么说：从不失手的男人。他把这个遗传给她。伊莉丝是一个从不失手的女人。在这些年里，也是在他们的婚姻生活中，她从未失手，她频频出手。他有理由觉得自己的命运就像伊莉丝出手的结果。也许他可以根据最新的事态说自己是她唯一一次失手。

　　他们刚刚结婚的时候，她在主教管区管理处做秘书。她的上司，赖特尔主教阁下，是证婚人。赖特尔主教阁下被调往罗马之后，她辞职去了电视台，先做宗教节目，然后做下午的非黄金时段节目。这时她开始跳舞，探戈。可能没有哪一个德国城市像慕尼黑这样热衷于探戈。慕尼黑天天晚上有探戈舞会，人们称之为米隆加舞会。夏季的晚上可以去王宫花园的狄安娜神庙看人跳舞。过去伊莉丝跳起舞来像女神,所以他称她为忒耳普西科瑞①。五十岁以后她就不再跳舞,她已经跳了十七年。其间她早已离开电视台,在一家舞蹈用品商店工作。五年之后,她自己开了一家店,舞蹈用品应有尽有。她给自己的商店取名"忒耳普西科瑞——璀璨饰物联合公司"。她从阿根廷、意大利、加拿大进口各式各样的舞鞋,不穿这样的鞋没法去舞场。还有西班牙长裙、摩洛哥的腰带,等等。公司解散后,他就来店里帮忙,负责收银台的工作。他打账单、收款,除了销售,什么都做。她为女顾客们服务。常常要折腾好几个钟头才能找出一双合适的舞鞋。对于伊莉丝,选择正确与否关系到顾客在舞场的命运。他背对着买鞋的场景,坐在那里敲打键盘、整理票据、订货、汇款、发货。伊莉丝把忒耳普西科瑞变成了真正的邮购生意。在德国,无论在什么地方跳舞,人们都穿着伊莉丝进口的鞋。她有属于自己的运气。她的探戈用品商店刚一开张,探戈就被提升为世界文化遗产!她赶紧做了一张海报,在橱窗里张贴了好几个月:

周三开始,南美探戈属于世界文化遗产。日前,联合国教科文组织在阿布扎比举行的会议上将探戈纳入值得保护的非物质文化遗产名单。根据萧伯纳的描述,探戈是水平欲望的垂直表达(法新社/《每日镜报》)。

她知道,这一报道会吸引在谢林大街闲逛的人。然后她还可以

①　忒耳普西科瑞:希腊神话中掌管舞蹈的女神。

得意扬扬地告诉他们,新任教皇曾是阿根廷赫赫有名的探戈舞者!

他当然听见伊莉丝如何跟女宾们交谈。米隆加舞会是永远不变的话题,所以他对相关情况了如指掌。包括从布达佩斯到罗马再到迪拜的各种大型舞会。女宾们打扮自己就是为了参加这些舞会。如果有人交款,他就拖着步子从他的办公角落走到前台。

有一天,店里进来一位购物的女子。姓巴尔道夫,名西娜。他发现顾客档案里有她。也许在他来店里帮忙之前她就进了档案。她不仅想买舞鞋,还需要几顶博莱罗帽子、几双网眼袜子、一根腰带。她在为她的罗马之行做准备。

她先看舞鞋。伊莉丝一上来就是热情周到的服务。她说西娜若是早来一周,她还不能说她今天敢说今天可以说的话。前天刚进了新版的恰好牌①……随后这俩就你一言我一语。她们兴奋、狂热、着迷、快活,还爆发出阵阵笑声。她们嘲笑那些用来描述舞鞋的词汇,虽然都当作褒义词来用,但还是忍不住要取笑。什么金属亚光,什么钻石亮光……如果不是事先知道俩人在议论舞鞋,他会以为她们陶醉于情色话题。事实也如此。因为这些探戈舞鞋看起来就像一则爱的誓言,被能工巧匠打造成舞鞋,它轻巧、暴露,是一股挡不住的诱惑……这女子过去一直要的是8厘米的尖高跟儿。现在她想要9.5厘米!伊莉丝找到了!俩人发出欢呼!客人的声音比伊莉丝响亮。

他总是在无意中听到她们交谈的内容。她即将和本地的一个

---

① 原文为法语:Comme il Faut。

男性舞伴飞往罗马。不带舞伴，女人进不了罗马的舞场。这位男伴
为他们租了一套公寓。说是比两个单人间要便宜。她跟这个男人
只想跳舞，不想做别的，她说。这人是慕尼黑最棒的探戈舞者之一，
已经跳了十四年，她才跳三年。这时伊莉丝说：可惜，我五年前停止
跳舞了。她说，五年前我根本不会跳舞。说这话的时候她提高了嗓
门，他差点转过身去看一眼。但他不能这么做。这两个女人说话不
能打扰。伊莉丝马上让说话语气回归平常。她说，邀舞仪式中的目
光交流①和点头邀请②很有意思，她却越来越频繁地遭遇挫折。女
子说自己也有情何以堪的时候。有时她看中站在对面的一个男人，
她等着他点头邀请，后来冲你点头的却是另外一个。或者根本就无
人理你。两人哈哈大笑。伊莉丝又说：最糟糕的，莫过于你朝他那
边看，他扭头朝别处看。哎呀呀呀。照样是二部和声。伊莉丝随后
说，相比柏林，慕尼黑依然是探戈舞者的天堂。在柏林，跳探戈的大
都跟自己人跳，让外来者坐几个钟头的冷板凳。她两次去柏林的舞
厅都是这种体验。在多明格斯咖啡厅特别受打击，在诺氏咖啡厅稍
微好点。慕尼黑的男人在这方面更会照顾人。但这也许赖我自己。

　　女子付款的时候，他头晕目眩。他不能让人看出来。伊莉丝在
接待一个新来的顾客。刚才出了什么事？一次爆炸。天地透亮，白
得刺眼。他眼花缭乱，店子里面一片混沌。伊莉丝在鞋盒中间。特
奥，她大声喊道，特奥。他可能答应了一声。他摸索着往外走，因为

---

① 原文为西班牙语：Mirada。
② 原文为西班牙语：Cabeceo。

光线依然刺眼。到了外面,他顺着墙壁和橱窗走。本能地走向路德维希大街。伊莉丝喊道:特奥!他转过身,表示自己想去对面的阿青格。那是一家餐馆,需要休息的时候他就去那里。他依然站在行人川流不息的人行道中间。谢林大街的行人全都行色匆匆,仿佛都来得太晚,所以只好不管不顾地赶路。在阿马莉大街路口他没耐心等待绿灯。他径直走过去,然后再穿越谢林大街,顺着那几级台阶走上去,走进阿青格,甚至走到他习惯的那张桌子,幸好没人。两个服务员都认识他。他刚一落座,白啤酒就摆上了桌。

餐厅里是平常的灯光。邻桌的两个年轻人和一个年长者立刻引起他的注意。长者五十岁左右,年轻人二十出头。他手舞足蹈地对其中的一个说话。另外一个在喝汤。餐厅里人声嘈杂,特奥还是全听明白了。不会有资本流动控制!俄国将退出门槛国家目录!卢布贬值了!祸根在于美国的阴谋政策!我们将在今后几天卖掉七十亿美元!苹果停止网上出售,关我们屁事!他的表情:用双手表演芭蕾。右手食指戳向上方,然后一来一回,绝对地否定。然后右手同时充当斧头和利刃,用闪击速度把对立面砍碎、切碎,对立面被剁成滑稽可笑的碎粒儿。然后举起双手,摊开掌心:这,你们看,我可以开诚布公!最后高举双手:我对你们没兴趣了!

特奥和小伙子一样听入了神。普金的话他还从未理解得如此透彻。他明白了:普金坐在邻桌,正在给其中一个年轻人讲要采取什么措施以遏制卢布暴跌。凶狠的表情把每一句话都变成了武器。普金稳操胜券。年轻人听得如饥似渴。特奥很高兴,因为他至少可以观看这个普金演讲。这时伊莉丝赶来了。她说本想马上就跟过来,但她走不开。随时准备顶班的达赫施泰格女士在陪一个日本团。她只好往店门上挂一块告示牌:因病歇业。这么说也没错。

她把他刚才遭遇的事情归咎于中风。她像牵引残疾人一样牵着他的手。他不想这样。他还示意服务员:我被绑架了!

伊莉丝想马上带他去医院。不,谢谢!感觉好多了。

回家之后他坐着不动。他一闭上眼睛,就死死盯着一道亮光看,亮光的中央是那女子。她把信用卡推过来。姓名:西娜·巴尔德奥夫。巨大的字母在刺眼的光波中摇晃。他这才抬头仰望。她低头看了一眼,至少一秒钟,这就够了。一个故事,她的故事,展开了。回过神来后,他不得不重新睁开眼睛,因为亮光实在太刺眼。西娜已不见踪影。这是一清二楚的事情。他应该想想这个无限的一秒钟是怎么回事。这时他再度听见两个女人在说话,包括她们的笑声,两个人的笑声。尽管顾客的笑声直冲云霄,最后比伊莉丝高两个八度。发现了一件好笑的事情。一个是渐强的悦耳女中音,一个是一路飙升的女高音。她们说的话像录音一样在他脑子里来回放。他有一个特长,过耳不忘。不是终生不忘,但不忘的时间之长,常常超出所愿,而且一字不落。他曾令生意伙伴和对手惊诧不已,因为他逐字逐句重复了对方说了但又拒不承认的话。

除了探戈,她俩没有别的话题。西娜喜欢阿根廷探戈,因为这是一种充满创意的舞蹈。她练过费尔登克拉肢体放松方法和罗尔芬拉伸柔体操。伊莉丝笑她。探戈总是让她受益良多。追求放松的意识形态是探戈的对立面。她想游戏,所以她跳探戈。生活太严肃,她必须跳舞。跳了十七年。西娜说,她只有三年的舞蹈经验,还游戏不起来。她的弱项依然是轴心。身体紧绷,保持紧张,但是让肩头和臀部放松!伊莉丝说:如果基本技术正确,一切都水到渠成,包括动作和花样。别忘了音乐,英雄所见略同!关键看舞伴是否有乐感。没乐感,全完蛋!西娜又说:有一个事情更糟糕:舞伴不会用右臂或者说右手,手在她背后放得太低,或者放得太高,把她搂得太紧,没法出气。大笑。但她不想一味吐槽。昨天在格里辛活动中心举行的每月一次的探戈舞会就很好。她数了一下,七组舞曲,尽管有一堆的女人。她也两次受到女人邀请。和安吉拉跳舞,那才叫过瘾!和女人跳舞更困难,因为她们更柔软,没那么利索,但安吉拉例外!她的动作很猛。有时我还跟不上她。有时候我还走出了轴心。尽管如此我很享受!啊,后来,这也是绝无仅有的事情。午夜时分,男士们挑选女伴。她一直坐在那里,不想坏任何人的事儿,但她随后朝一个意大利人看了一眼,他还坐在那里,比她小几岁,长得像马塞洛·马斯楚安尼①的儿子,跳起舞来像普契尼,他还报了自己的名字:阿姆莱托。看她没反应,他又说:莎士比亚。哦,哈姆莱特!马上教他正确的念法:你叫哈姆莱特,哈——姆莱特。他学她,由此显得比他本来的样子还英俊。碰到这种事情你会觉得人生依然很美好。伊莉丝说,在舞场上总要面对依赖男性这一事实。这对她来说是一件越来越糟糕的事情。女人不得不成为兜售者、等待者、执行者,因为她必须符合男性舞伴的期待,必须服从男性舞伴发出的指令。她在她的最后一次舞会上不得不和一个克罗地亚人跳

---

① 马塞洛·马斯楚安尼(Marcello Mastroianni, 1924—1996):意大利著名演员。

舞。此人是大高个。她的身姿、她的旋转完全不同寻常，一切只是
为了配合他超大的步伐。过后他来找我。我想，噢耶，现在他还要
来说你一顿。但他说他必须表扬我，因为我的大步迈得太棒了。现
在他有点害怕迈大步，因为女方常常跟不上。我尽可能面无表情地
看着他。我预计他恭维我两句之后就会说：虽然你的大步踢得很漂
亮，但是你的小步走得一塌糊涂。但人家说的是：我就想对你说这
个。我这才恍然大悟，自己跳舞跳了十七年，却一直盯着自身缺点
不放。又是一声叹息。又是两个声部。

　　她当时穿的什么？炫目的光亮把她过于清晰地呈现在他眼前。
她的四周是饱满的、跳动的光辉，一件夹克，真皮，黑色，下摆到臀
部，左摆偏低，从她的角度看是右摆偏低。夹克的毛领紧裹着她的
脖子。一头乌黑的长发四散在肩头。她的面貌回忆起来特别费劲。
现在他其实只看见她的眼睛。不，只看见她的目光。她的目光就是
她。她就是她的目光。当他抬头看她的时候，他看见她个子很高。
她还是高嗓门。又没带手枪。啪的一枪，事情就解决了。前所未有
的轻松。呼吸一次就痛苦一次。你别再呼吸了！继续呼吸。

　　起身出去。不是跟在她身后。她早就走了。他什么也没听见！
在无意之中。他现在想起她说她把车放在禁停区域。她俩都笑了。
终于起身后，他试图奔跑。伊莉丝大喊：特奥！但这声呼喊，是对着
一个追撵不上的人的呼喊。而她就停在禁停线内。

　　他让伊莉丝牵着自己从阿青格走到店铺门口，然后说他坐车回
家。声音洪亮，不由分说，所以伊莉丝松开了手。然后他赶紧奔跑。

然后上了出租车。说了地址之后，司机问是否需要把他送医院。他又把地址说了一遍——这一次有点教训意味。那口气就像在说：听话不困难吧！说罢，他诧异地发现，自己竟然在查看司机是否在走最短的线路。从谢林大街到索恩，三十欧的路程。

他不想再跟这人打交道。她对他视而不见。她抽出银行卡，放在他面前。他处理刷卡业务。他没再抬眼看她。他把银行卡给她推过去。他打出了收据。他不知道她人是否还在。但有人把银行卡和收据拿回去了。是她。她用最清脆的声音向伊莉丝问好，伊莉丝也礼貌地进行回应。她的嗓子很尖。Roma, ti amo①！这是她的最后一句话。她匆匆离开，显然因为她把车停在了不该停的地方。她一边走，一边冲着伊莉丝喊：Roma, ti amo！他这才意识到，他还以为她是低嗓门，因为他抬头望见一个高个子女人。

一股神秘力量来袭。他可能马上要遭遇寒战。或者相反，要发一场高烧。来势凶猛。他想用大胆的倾诉来遏制其势头。他承认，自己写个不停，首先因为公司没了。他去收款台帮伊莉丝做事，这自然妨碍他马上了断自己。但活下去毫无意义。写作造成一丝错觉，仿佛可以活下去。其次，他还在寻找一种方法，好让自己悄无声息地、没有痛苦地、干干净净地离开人世。但是，他前所未有地写个不停，这只能归咎于他没有跟四十一个员工保持联系。否则他们会持续不断地提出问题、给出答案，让他一直飘浮空中，无法在无语状

①　意大利语：罗马，我爱你。

态中降落在自身。他一直在执行使命——生活交给他的任务。倘若他再有一个公司——他肯定会有的,他就不再写作。他就恢复生活。如果纵身一跳失败呢?他刚刚读完《呼吸调节器-煤气-方法》。这是常用的自杀袋方法的复杂版本。他正在按图索骥。如果他还在考虑他的自杀对这个或者那个人产生何种影响,他就功夫不到家。如果他和自己争吵,如果他因为自己又一次没下手而骂自己是懦夫,他就功夫不到家。拯救必须首先在脑子里完成。然后再付诸实践。拯救是独立宣言。无论何人何事,都无权阻止他,伊莉丝,没错,绝不可能得到她的理解。对于伊莉丝而言,生命在任何情况下都是可以承受的。她还从未有过负面体验。他不可以写诀别信。不能写任何让她可以反驳的事情。

啊,伊莉丝。倘若没有发生已经发生的事情,他就不得不对伊莉丝说,他近来不断强迫自己为自己做点事情,尽管他其实只是想做点反对自己的事情。最好是最极端的事情。最后的事情。

西娜·巴尔德奥夫。

西娜,希伯来语,英语,德语,俄语,波斯语。他选择德语-波斯语。

他知道,他在自己面前假装客观。

那个为罗马准备行装的女子说了出发日期吗?他不敢去问伊莉丝。对于他,最最重要的事情,莫过于得知那女子何时跟慕尼黑最优秀的探戈男飞罗马。但也没有比这更无聊的事情。在罗马合租一套公寓,因为这比租两个单间更便宜。而且她跟那人只想跳舞。他为什么拿这些事情来自言自语?这个关他什么事?她的目光。没错,就是这目光。这意味着:一对黑色的眼睛俯视你。里面射出刺眼的光芒。这一场景他还历历在目。随它吧!幸好有自杀论坛。他每天都逃往自杀论坛。

九

终于又有一条来自紫菀的消息：

亲爱的弗兰茨·封·M，

你这是什么姓名？你是贵族？

或者那是你的逃难之地？

我对你的印象没变，你是浪漫派，甚至是梦中舞者。你讲述了自己如何有权获得幸福，这最终奠定了我对你的印象。你采取了勇敢无畏而且毫不留情的行动。你对自己成功感到一种纯真的快乐。一点挫折，天崩地裂。没人强迫你从陌生的视角观察你自己。这个陌生视角就是我的视角。你似乎把我的评论视为没有内容的空壳，在我看来是这样的。吸引你的只有我这种不可逆转的状态。顺便说一句，不可逆转是套在我身上的外衣。但它不适合你。因为你自称在寻找"彻底的不确定性"。死亡是最残酷的确定性，不可逆转性亦然。自从我有了思考能力之后，不可逆转性就伴随着我。我父亲想给我留下多少遗产，这个你未必感兴趣，或者你随后去论坛看看。我再次提及这个事情，只是为了赋予我所经历的不可逆转性一个面貌。亲爱的弗兰茨·封·M，这里没有你或者别的什么人的位置。在这个中间世界里只有我一个人，我被生和死扯来扯去。我在这里、在许多地方都失败了——我的失败。所以我坚守这不可逆转性。真的，有更吸引人的东西。

向你致以问候

紫菀

他立刻回复：

亲爱的紫菀：

　　你是我的自杀顾问。如果你的信是论坛发的唯一帖子，我会感觉自己被逐出了论坛。你的话简明扼要，或者说一针见血：在你的不可逆转性里没有我的位置。我请你关注一个事实，论坛上的帖子五花八门，人们长时间地、甚至长年累月地讨论个人命运及其必然性，而且什么角度都有。一个人质疑另一个人的求死愿望的真实性，这种事情屡见不鲜。我（只是！）一个"浪漫派"乃至"梦中舞者"。我承认，这些说法让我很高兴。我太脆弱，碰点挫折就觉得生活没意义。如果这仅仅是一种假想，我会非常的高兴。"一点挫折，天崩地裂。"我不予置评。这是你的看法。你可能拿我和你做比较，所以产生了这种印象。如果我想象自己的最后行动就是和你手拉手往下跳,这一定是一种浪漫冲动。现在我不再产生这种念头。

有个事情要告诉你,一件相关的事情。由于"一点挫折",我不仅不想活了,我也不再是男人。作为男人的一切都不复存在,被一笔勾销。先前我虽然已经72岁,但依然是有用之人。随后形势出现反转;转折发生在自己被告知被人推翻那一天。我成为废人。我惊魂未定。现在我必须承认这点,同时要问你是否有类似的经历。你的回答至关重要。我不想为这个看医生。

最后,告诉你我的网名从何而来:弗兰茨·封·莫尔。席勒,《强盗》。卡尔·封·莫尔的弟弟,哥哥善良得不能再善良,弟弟很邪恶。上学的时候碰上排练《强盗》,做导演的德语老师让我演大坏蛋,也就是弗兰茨。我很高兴,因为我觉得演弗兰茨更好,比其他所有角色都好,因为其他角色都是洁白无瑕的好人。"流氓的名字叫弗兰茨!"直到今天,如果有人陷入一场是非评判,他就引述这句话,以表明自己不是流氓,表明自己比别人更好,是绝对的好人。

希望你由此得出正确结论。

致以问候
也很乐意在不可逆转问题上失败的弗兰茨

十

　　两天后在医学教授那里做早就约好的常规检查，但这位教授是伊莉丝替他预约的：不是随便抓了一个粉碎肾结石的医生，她之所以选这位教授，是因为他用激光检查前列腺肿瘤。又等了两天，结果出来了。

　　她想陪他去，被他拦住了。教授不想说出存活期限，只说他的情况不太好。大肠肿瘤。不管六个星期还是六个月，他都只能把沙特先生剩下的时间称为存活期限。手术可以改变一切，带来好转。但现在还不能做手术，肿瘤太大。如果做手术，肿瘤会扩散。那就抑制其发展。马上输血、化疗，也许可以抑制肿瘤。

　　特奥站起身。房间在摇晃？墙壁弯曲了？他伸手去抓基里亚济斯女士。教授叫她基尔奇。基尔奇知道怎么回事。平衡障碍。他说：起身太快！谢谢，洛蕾①。她看着他，眼里充满理解。洛蕾，

————————————

① 汉内洛蕾的昵称。

他说。她笑了，眼里有了更多的理解。他小心翼翼地松开手。教授已经走了。回见，他说了这话？洛蕾，回见，他一边说，一边用双手握着她的右手。洛蕾啊，洛蕾，他说。我开始胡言乱语。她安抚他。他把她拉向自身。他耳语道：千万要原谅我。这下行了。他转过身，朝门口走，再走出大门。他疾步行走。到了外面他又放慢脚步，非常非常的慢。洛蕾，他想。恰恰是洛蕾。她的丈夫过去不是吹长号的吗？他突然发现，跟她有过关系的女人、男人都是长号手。西娜·巴尔德奥夫是第一个没嫁给长号手的女人。你的鞋认路，你不认路。你在晴朗的天空下蹦跳。阳光托举你。你轻如羽毛。

谢谢你。你一直在等我，他说。

这是我的职业，她说。您想去哪儿？

洛蕾，你的丈夫好吗，他说。

现在告诉我您去哪儿，她说。

去看牙医，然后说了地址，然后给小费，是车费的双倍。他故意给她看！

开始治疗。德吕克大夫。宛若置身天堂。一个面对多重大限的人，烤瓷牙桥开始松动，现在接受维修。他觉得自己就像泰坦尼克号的随船乐队。船在沉没，乐队在演奏。没有比这更美的音乐。只有这才是音乐！他闭着眼睛躺在那里。麻醉针使嘴角陷入麻木。继续给，他心里想。继续给，好吗？只要感觉到女助理的手，他就大声说：谢谢你，洛蕾。走的时候他不仅跟大夫握手，还跟她握手，同时说：后会有期，洛蕾。她露出微笑。他心里想：耐人寻味。这可不是偶然。这么短的时间里出现第三个洛蕾。那个被教授称为基尔奇的女人竟然承认自己叫洛蕾,出租司机也承认了,尽管不情愿。现在又是德吕克大夫的女助手!这不是偶然。又一次跟一个洛蕾告别。看她用什么眼光看他!黑夜的眼光。啊,洛蕾啊,洛蕾!

出门后他放慢脚步。他身上一阵麻酥酥的感觉。他用第二个洛蕾取代了第一个洛蕾,又用第三个取代了第二个!他要猎取洛蕾。他就近走进一个咖啡厅。撞见一个令人想入非非的祖母,但祖母一门心思扑在孙儿身上。幸好这不是洛蕾。她造成他人的不幸,尽管这是一种令人乏味的不幸。他把手伸进裤兜,心想:我应该庆幸,因为钱包没丢。今天我丢了钱包才对。想到这,他有些惭愧。将死之人,竟然没有彻底疯狂,丢失钱包!

我们讲到哪儿了?和民间谚语一样充满智慧。不可言说。如果人人都跟他一样自顾不暇,世界上就不存在问题。我们的世界风平浪静,争吵只发生在封闭的屋子里。但争吵的声音太大,路人不可能无动于衷。我受够了。这是迪特,三十六岁。他没有比迪特更亲密的朋友。他接手的东西都很美,或者任何东西一旦到他手里都会变得很美。他们一起到城里闯荡。他们来到大城市。他们来自小镇伊斯尼。迪特,设计。特奥,经济。迪特永远活在木头里,特奥的写字台,迪特的作品,他绝不丢弃。一张坚固而柔软的写字台,一张对所有接触做出回应的写字台。我受够了。用吼破的声带。三周后死了。还有巴斯特尔[1]!大自然之子。这是他的自我认识。他留在阿尔高的崇山峻岭。但大家至少一个月聚一次,雷打不动。有

---

[1] 塞巴斯蒂安的昵称。

时大声争吵，有时小声聊天。一开始总是死死盯着对方打量一番，但不知为什么，随后豁然开朗。一场暴风雪。巴斯特尔在工作室里过夜。房顶被压垮，房梁砸向他。睡在一旁的母狗贝拉毫发无损。贝拉不让人靠近。不得不将其射杀！还有弗里茨，安联保险职员。一脚滑倒，一月份的时候。后脑勺着地……在克伦泽大街。死了。关系越好，死得越早。迪特，巴斯特尔，弗里茨……

他确信伊莉丝此刻在店里。现在就付费。红绿灯路口又站着一个女人，一个洛蕾。冲过马路。等他回过神来已经太晚。他大喊一声：洛蕾！声音前所未有的大。一边喊一边冲。恰好碰上绿灯，有一辆汽车起步。他落到汽车的前盖上。汽车起步太猛，否则他的舌头不会摆出与雨刷器竞争的架势。他在医院里听说自己很幸运。医生们把这称为幸运。几处淤青，下巴破了一条口，两只手扭伤，没有骨折，甚至没有脑震荡。当然，一条裤腿破了，还掉了一只鞋。还是您这岁数！

他们表示恭喜。

他没有问：洛蕾在哪儿？现在事情很清楚。洛蕾已不复存在。

他在家里扩胸，伸展四肢。感觉痛。也许他的脊椎伤了，他想马上躺下，但不是躺地上。要让伊莉丝在沙发上找到他。一块胶布，几块淤青，一条破裤腿，掉了一只鞋，解脱了！从不死中得到解脱！

伊莉丝把他叫醒。一声尖叫。讲得清楚的事情他都跟她讲了。走神了，在红绿灯路口，动作太慢。伊莉丝当然认为不应该让他独自进城。

差一点，他说。又差一点，永远差一点。

尽管讲笑话吧，她说，然后跪在沙发前面，把脑袋放到他轻微受损的身体上面。

第二天晚上,伊莉丝终于要听取详情。

哦,对了,还有一点细节忘了告诉你,他说。

他深深吸了一口气,以保证他不得不说的话不流露任何感情。他给她(同时给自己)讲述一段大肠的故事,或者是他的故事。他的母亲,一个本分的阿尔高女人,跟一切与大肠有关的东西保持距离。他从来没闹清楚这是卫生顾虑还是宗教原因。也许二者皆有。非说不可的时候她也能找到用来回避的词汇。她总是把大肠所需要那个身体器官称为屁股。你的屁股。结果就是屁眼儿这个词让他难以启齿。这是他头一回跟伊莉丝承认这个事情。这个词更不可能从父亲口中听到。特奥只能去外面学。每当听到这个词,他的反应总是很慢。伊莉丝也发现丈夫几乎不使用屁眼儿这个词。她很高兴终于把话说开了。在结婚三十多年之后。她父亲是做牲口买卖的,屁眼儿属于其行业基本词汇。对于她,屁眼儿是一个再简单不过、再自然不过的词汇。她父亲可以在餐桌上说他宁愿看某某某的屁眼儿也不想看某某某的脸。他也三天两头地说:这关我屁事。在特奥这里,屁眼儿变得无影无踪。

现在他的大肠出现点问题,特奥认为这是那个饱受蔑视的身体部位做出的反应。伊莉丝认为这有可能。现在我们不谈别的,就谈屁眼儿,也许它会让步!她做出这一决定。

特奥回到自己的房间,又一次反思自己的人生体验:关系越亲近的,死得越早。

十一

　　从过道里的镜子边上走过。如果在镜子里看见自己，他并不马上把眼光移开。他可以照照镜子，但时间不能太长。他随后会问：你想干吗？你胡思乱想什么？每次看见自己，他几乎总要想起他的女儿玛法尔达。有一天她从学校回来，把身后的门一关上就号啕大哭。他没问她为何号啕大哭，反正总是对他的控诉。伊莉丝把她拉过去，安抚她，直到她终于能够讲话。原来是班上一个同学叫她尖嘴耗子，引来哄堂大笑，而且大家都跟着叫这个绰号。这意味着，从现在起人人都叫她尖嘴耗子。伊莉丝试图向她证明：第一，这不是一个糟糕的名字；第二，尖嘴耗子根本就不符合她的形象。特奥回到自己的房间。玛法尔达的下巴远不像他那么尖。真的！何况她的发型还能给她的脸蛋来个完美的衬托。但如果有一个混蛋执意跟你捣乱，你就只好自认倒霉，这个他自己深有体会。现在玛法尔达也有了这种遭遇，这比他当初的经历还要糟糕。他知道，如果玛法尔达名叫玛利亚或者英格，那个混蛋就不会叫她尖嘴耗子。玛法尔达,这个名字使人产生了使坏的冲动。随后他就想到尖嘴耗子。

啊,玛法尔达,请原谅!给她取名玛法尔达,这是伊莉丝的意思。这个名字让他感觉很生疏,而且无趣。每当玛法尔达来看他们的时候,他都为此感到懊悔。伊莉丝则相反,仿佛大家都要为这个名字降低身段、造访沙特一家而万分荣幸。如果伊莉丝讲个什么体会或者做个什么决定,大家只有表示赞同的份儿。如果你的话不够铿锵甚至说不到位,你就惨了。她会毫不客气地告诉你,这不温不火的表态暴露了哪些可悲的品性。这个名字没有缩写形式,无法让人表达亲昵。玛法尔达,这个名字如同高档时装店 Lodenfrey① 展示的品牌一样稀有。每当她的丈夫阿克塞尔煞有介事地说出玛法尔达这个名字的时候,特奥(不仅仅是特奥)都看出这个名字取得不合适。但既然有人取名阿克塞尔,玛法尔达就值得被大大方方称颂一番。

伊莉丝不会说人坏话,哪怕只是略带批评的话。她对人的好感取之不尽用之不竭。在她这里,对人示好不费吹灰之力。当玛法尔达告诉他们她的丈夫是一个杀人犯的时候,伊莉丝证明了自己的示好本领无边无际。玛法尔达说,她经过了多年的思想斗争才把这一情况告诉他们。斗争的结果就是跟定阿克塞尔,只要他愿意。伊莉丝几乎迫不及待地准备用玛法尔达刚刚对她讲述的丰富情感去祝福阿克塞尔。阿克塞尔:杀人犯。特奥马上请玛法尔达把细节说给伊莉丝和他听。她不乐意。很明显,她已对己约法三章,永远为阿

---

① 位于慕尼黑市中的时装店。

克塞尔提供庇护，永不背叛，不管阿克塞尔是如何变成的杀人犯。这已是十二年前的事情了。但是玛法尔达是在经历了多年的思想斗争之后才得以向阿克塞尔承诺无条件的爱和忠诚。她后来自然把自己向父母透露实情的事情告诉了他。就是说，她的父母也成为其同伙。他们肯定会保持忠诚。伊莉丝诚心诚意地履行这一强加给他们的义务，其真诚度远超女儿对她的期待，更甭说要求。通过她，通过她的百般迎合，特奥才明白这个阿克塞尔意欲何为。他通过坦白自己的杀人历史，让伊莉丝和他俯首称臣。他们美化他，因为他们没有检举他，甚至没有劝他自首。他变成了英雄，因为他的行为不受惩罚。他把整个的西方法律体系变成了一堆废纸，真是一个潇洒的独行侠，他只管自己！女婿的所有想法伊莉丝都赞不绝口。她在赞扬他的同时也赞扬自己。

特奥尽可能谨言慎行。即便他对这没完没了的美化活动贡献甚少或者没有贡献，他也不想讨人嫌，为了玛法尔达。他对她有说不尽的爱。玛法尔达是海洋生物学硕士，她把自己的一生献给拯救世界海洋的事业。她以充沛的力量、以巨大的热忱和激情投身其工作，所以有时特奥会认为她也把工作视作一种赎罪行为。她的阿克塞尔潇洒地宽恕了自己，她要为他赎罪。她曾在汉堡的马克斯-普朗克海洋研究所以及位于加州的拉霍亚斯克里普斯海洋研究所工作，现在是德国绿色和平组织的监事会成员。而且不断前往一线，总是与环境犯罪和环境罪犯进行斗争！阿克塞尔是她的亲王。她想让他做点实务，他拒绝。她说，如果做点实务，他会大获成功。这是她的原话：大获成功！但是阿克塞尔认为，为几只海龟的安危受苦受累,那实在可笑。他的项目是:世界之光。

这个项目他多次主动谈起。他自视为哲学家、思想家甚至是智者,而且心安理得。他已不知天高地厚。他胆大包天,拿自己和最高贵的名字相提并论。他引述最多的是中国的思想伟人,尤其是庄子。他的确撰写了一本书。阿克塞尔·波尔特:《逍遥——论中国古代智慧》。他显然会中文。众人都喜欢听他抑扬顿挫地朗读来自中国的格言警句,譬如:"积智谋事,在乎壹志,德侔上天,神明自佑。[①]"玛法尔达尤其爱听。她肯定不是头一回听。特奥用心观察她。她听讲的方式与家里其他人有所不同。她那样子就像在检查阿克塞尔说得对不对,结果她每次都表示满意。她常常还来点补充说明。譬如,阿克塞尔每天晚上打太极拳,而且在一个完全是中式风格的房间里。特奥不怕承认自己对中国文化一无所知,所以问什么是太极拳。玛法尔达回答:和隐形对手的拳击[②]。她的语气表明,自己不是头一回跟特奥解释什么是太极拳。特奥却说:啊哈。有一次她还提到汉堡的孔子学院已经第三次请阿克塞尔去办讲座,说这话她也不管场合是否合适。

阿克塞尔让她俯首帖耳,不仅因为他把她变成了犯罪同伙。他的老练也令人倾倒。特奥不得不承认,这种进入思辨境界的中国哲学完全能够使人着迷。柏林的一个哲学教授让阿克塞尔产生了对中国的兴趣。教授先讲毛泽东如何了不起,然后给他提供一份去北

---

① 译自德文。
② 这也是德文的太极拳(Schattenboxen)的字面意思。

京的奖学金。公元前四世纪的哲学家庄子征服了他。庄子的话他随时脱口而出。特奥不得不承认,庄子的话简单明了,令人折服。不过,庄子的话即便简单明了也能同时做到晦涩难解。阿克塞尔总是以不言而喻的口气引述庄子的话,使人感觉谁问这句子什么意思谁就滑稽可笑。"名者,实之宾也。"最要命的是,大家永远不知道现在这句话是阿克塞尔还是庄子说的。有一次特奥确信阿克塞尔在夫子自道,在谈自己的事情。强盗需要道德?这口气就像是向围坐在他跟前的一家人发问。盗亦有道。盗跖就是一个例子。他总是知道哪里有东西可以拿,他还必须第一个进去,这是他的勇气。最后一个出来,这是他的义务感。他必须平均分配,这是他的善良。因此,有德之人不仅仅是圣人和所谓的好人,强盗也一样。这一观点无人反对。特奥本来以为现在要拿这个道理来阐述阿克塞尔·波尔特其人其事。阿克塞尔没这么做。但这家伙从中文里引述的每句话听着都像是一种自我辩护尝试,譬如:"谁定义善,谁制造恶。①"但是特奥暗地里一次又一次地感叹,尽管喜欢做戏,这个阿克塞尔还是一个人见人爱的人物。他暗地里称他为性格丰满的大人物。这家伙无所不能,简直不可思议!他在做一个项目,题为"世界之光"。尽管如此,特奥依然有心理障碍,不肯宣布阿克塞尔无罪。他心里想,这人如此能言善辩,简直可以做骗子,而且是大骗子。特奥成功地压制了这些想法。这人如此有能耐,如此可爱,如此人见人爱,你应该感到高兴。有一点毫无疑问:人见人爱。

---

① 似出自《庄子·养生主》中"为善无近名,为恶无近刑"的德文表述。

可是,特奥心里也产生一个疑问。这个疑问他无论遭受什么严刑拷打也不会说。经过多年对可观察的瞬间的总结,他心里确信阿克塞尔不是凶手。阿克塞尔为自己选择凶手的角色,是为了达到一个后来的确达到的目的:征服所有拥戴他而非检举他的人。特奥认为没有必要跟玛法尔达询问细节。阿克塞尔如何装腔作势,他如何享受妻子和岳父岳母对他表达的忠诚,这些全让特奥看在眼里。

多么奇妙的想法:如果你可以断定别人对你的态度有所保留,你就讲一个杀人犯的故事。如果他们信了,你就可以高枕无忧,因为他们将对你俯首帖耳,这是你通过任何别的品质办不到的。

特奥在卡洛斯·克罗尔身上看到人可以做出什么事情,现在他发现阿克塞尔做的事情毫不逊色。忠诚和信仰被踢到一边。为人正派,开什么玩笑!在他看来,卡洛斯·克罗尔和阿克塞尔是一丘之貉,俩人一样无耻。他们对人下手却毫无风险!如果阿克塞尔的事情败露,他就是无罪之人,他会笑弯腰。笑头脑简单的一家人对他狂热地表忠心。当然,特奥有时候会觉得自己冤枉了好人,他会默默地向阿克塞尔赔礼道歉,觉得自己不该有这些想法。可是,每当阿克塞尔本人出现在他眼前,他就可以马上恢复自己的信念。他认定这不是一个杀人犯,而是一个其貌不扬的小胖子,他必须动动脑子才能得到关注甚至爱!特奥甚至有佩服他的时候!他蔑视他,但也佩服他!这么少的投入,这么大的产出!的确令人佩服。特奥甚至情不自禁地在阿克塞尔身上看到自己的影子,他不得不抵御这种联想!但这只是他的一时软弱。

　　自从特奥见识了卡洛斯·克罗尔的真实面目——他的真实面目在特奥的线人提供的报告中也一再呈现，阿克塞尔和卡洛斯在他眼里就越来越接近，因为他们使潜在的人性得以发挥。他现在才想起这两人的共性是什么。阿克塞尔将玛法尔达收留他之前的年代誉为漫游年代。当时他确实周游了世界，从翁斯特梅廷根①游到旧金山。他一路投奔的都是女人，他把自己的经历喻为当代绘画中的远古镶嵌。卡洛斯·克罗尔也从未有过一套属于自己的住房，还引以为荣。一套属于自己的居所，等于一个令人窒息的牢笼！他也总是投奔一个又一个的女朋友。他将她们誉为女中豪杰。她们都是他的功臣，她们必须受到表彰。他自然也在梅拉妮·苏格那里住了两年半。但自从他去了施塔恩贝格，搬进安克·米勒博士那套饰以青年风格的别墅后，他再也没挪过窝。偶尔出轨也在所难免。比如他曾经给勒拉赫一个餐馆服务员整出一个孩子。但事后他总是回到安克·米勒博士身边。他把安克·米勒称为"我的女博士"。她先学医，然后接受心理治疗师培训。作为心理治疗师，她在这一带名声大震，广受爱戴，她在业内的尊贵称号是：戴荆棘冠的圣母。卡洛斯·克罗尔一开始是她的病人。随后她把他留在自己身边。她比他大十一岁。她把特奥看作平庸的化身。特奥对她的诗人卡洛斯构成了危险。她想让卡洛斯脱离危险，还做了好几年的努力，没有成功。但她肯定属于那些参与推翻特奥的人。

---

① 德国巴符州阿尔布施塔特城的一个区。

十二

我的上帝，特奥，你回想一下颁奖仪式的事情。卡洛斯·克罗尔成为你的心事，就是因为这一事件。幸好你有先见之明，进行了现场录音。你有预感，知道那里的讲话跟生意场合有所不同，记下来要费点功夫。总之，事情的经过如下。

特奥和伊莉丝来到市中心，找到诗社①。十一月的晚上，寒风瑟瑟，又湿又冷，只有慕尼黑才有这种鬼天气。刚过六点，他们就已存放好大衣，来到活动大厅。他们在第二排的座位上找到自己的名字。进来的人越多，特奥就越觉得自己是局外人。到目前为止就他一人打领带，周围尽是千奇百怪的发型，女人也不例外。男的女的都不到五十。男的都是男孩子模样，两鬓刮得光生生的，顶上是一堆软头发，都在标新立异。再看其着装！幸好还有几个年过五十的

---

① 即慕尼黑诗友会。源于1994年成立的慕尼黑诗歌协会，2003年更名为诗歌内阁基金会，是德国最大的诗歌收藏馆。

人,但没人打领带,更没人打领结。见到打领结的男人,特奥就不能不想到卡尔滕莫泽博士,伊斯尼的律师。他父亲从未请卡尔滕莫泽博士替自己打官司,所以律师与他们一家为敌。每当想起在所谓的斋堂度过的那个下午,特奥依然要起鸡皮疙瘩。律师先是假模假样,建议特奥做党的青年团的书记。父亲之前说过:去吧,也许这家伙终于想和我们一笑泯恩仇。随后在大会上让特奥出丑,提议另外一个候选人出任书记职位。特奥见识了卡尔滕莫泽博士多么流氓,这明显给卡尔滕莫泽博士带来莫大的享受。他对你就像个流氓,而且他不想隐瞒或者掩饰或者粉饰。你领教他的流氓习性,这对他来说是一种享受。后来父亲给他做了解释。他所经历的一切父亲都如此解释,以便他理解所发生的事情,这对父亲来说非常重要。免得你胡思乱想,他总这么说。卡尔滕莫泽博士是格鲁伯的律师,格鲁伯是我父亲的竞争对手。卡尔滕莫泽博士必须设法保证青年团的头头不是沙特的儿子,而是沙特的竞争者的儿子。卡尔滕莫泽博士只穿私人订制衬衣,总是尽可能地紧身,几乎总是太小。另一方面,他的衣着总是引人注目。前胸小口袋里有一张适合做蝴蝶结的小手帕。特奥从此就对这种装扮的男人无端生疑。

等众人坐好之后,几个嘉宾在一位身着银色连衣裙的女士的引领下鱼贯入场。他们是:卡洛斯·克罗尔,安克·米勒博士女士,三位男士,其中一位手持拐杖。穿银色套装的女士显然是诗歌内阁的头儿,她请这一行人在前排就座,然后简短致辞,欢迎所有到场的人,她特别对卡洛斯·克罗尔和安克·米勒博士表示欢迎。众人鼓掌。特奥本以为卡洛斯·克罗尔会起身致谢。卡洛斯·克罗尔没有起身。随后,她对优秀文学促进会会长和评委会主席穆特博士的到来表示欢迎。穆特博士就是挂拐杖的那位。掌声一片。穆特博士起身答谢。然后是作为颂扬人出场的沃尔弗拉姆·哈尔胡贝尔博士教授,教授站起身致谢。然后是那个请求别介绍自己的人。她向众人介绍说,这是永远清醒的艺术之友,达内利乌斯参议。参议站起身,假装恶狠狠地瞪了女主人一眼,但随即对众人表示感谢。

幸好这三位先生都系了领带。艺术之友和参议身着深绿色的衬衣,上面系着一条领带。这条领带比先前出现的一切都更加抢眼。一朵绽放的烟花,普通大小的领带根本容纳不下。这条领带可谓霸占了整个前胸,为此他的夹克必须敞着。当参议优雅地鞠躬的时候,特奥鼓掌比谁都卖力。深绿色的衬衣饰以深蓝色的衣领,绚丽夺目的领带烟花从深蓝色的衣领往外绽放。这真是赏心悦目,特奥使劲鼓掌,把双手拍得滚烫。伊莉丝一脸的惊讶。他知道。

穆特博士,优秀文学促进会会长兼评委会主席,两步走到主席台前,他要一步跨上去,但是不行,尽管有拐杖。主席台太高了。他们应该知道他有一条腿不方便!糟了。优秀文学促进会会长兼评委会主席摔倒了,他倒在主席台上。马上有三四个人——包括卡洛斯·克罗尔——冲上去,将他重新扶起。他成功地走到了讲台。但是刚才摔跤的时候他左手拿的发言稿落到了地上。参议把发言稿一张张地捡起来递给他。把拐杖放好后,会长开始讲话。

他说他不会因为摔了这一跤而怪罪主席台。应该多摔几跤,因为被几个壮汉拽紧,再扶起来是一种美好体验。说罢,他朝几位出手相助的男士鞠了一躬。掌声。还要通报一个意外,他说。评委会决定把今年的卡洛莉尼·封·龚德罗得奖颁发给两位作家:卡洛斯·克罗尔和娜塔莉·库尔茨奥尔①。但是这位女作家说,一个与人分享的奖项她不会亲自来领取。领取支票的事情由她的出版商代劳。库尔茨奥尔女士并不知道,我们协会有能力给每一个获奖者颁发全额奖金,也就是七千欧元。她若知道,会说什么?我们衷心感谢慷慨大方又不愿留名的捐赠者!掌声。库尔茨奥尔女士不想来,是因为她预见到她只能领取三千五百欧的奖金,还是因为她无法容忍与人分享头等奖?这是一个需要撰写博士论文来探讨的问题。由于文学圈不是特别地重视卡洛莉尼·封·龚德罗得②,所以每年的颁奖活动都安排在女诗人的忌日。龚德罗得在莱茵河畔用匕首结束了自己的生命,年方二十六。她为之自杀的男人活到了八十二岁,还阻止出版她的作品。男人死后她的作品才得以出版。我们深深缅怀我们的女诗人。

默哀一分钟。

现在他请库尔茨奥尔女士的出版商和卡洛斯·克罗尔上台领奖,向二位颁发证书、支票并表示祝贺。众人鼓掌。卡洛斯·克罗尔毫不做作地接过这两样东西:证书和支票。特奥还从未见过他这身装束。显示洒脱的牛仔装不见了,代之以双排扣黑色西服外套配

---

① 有"短耳朵"之意。
② 德国浪漫主义时期的女诗人。

黑衬衣。当然没系领带。特奥觉得他从未像今天这样帅气。被染成深红色的头发变成一顶忧伤的波浪形头冠。

颁奖结束后，这一年对我来说就算结束了，会长说。但现在是我们的重头戏：优秀文学。获奖颂词！沃尔夫拉姆·哈尔胡贝尔教授博士先生。慕尼黑路德维希·马克西米里安大学！工作人员搀扶他走下主席台，他的动作很夸张，引得观众哈哈大笑。

哈尔胡贝尔教授几乎蹦蹦跳跳地走上主席台。这表示大家不用担心他会摔倒在地。特奥觉得他太没风度。

教授与其说五十出头，不如说直接奔六。特奥接触的教授多半是搞自然科学的，这些人全都规规矩矩、貌不惊人。特奥觉得哈尔胡贝尔教授很不谦虚。脑袋上一圈头发排水沟。他双手紧紧抓住讲台，仿佛要将其抛向空中。他就以这种姿态开始演说：

我感谢优秀文学促进会在此给我发表讲话的机会。对于文学研究者，和作家的直接接触总是充满风险。前者的风险大于后者的风险。恕我冒昧。我想起一个比喻：画家面对一个裸体女人作画，事后还必须或者可以跟其绘画对象一起喝咖啡。女人这时候自然已穿好衣服。就是说，卡洛斯·克罗尔在我眼里是双重形象：他在文本中一丝不挂，在社会生活中则是衣冠楚楚。我想作为解释者在二者之间斡旋，我必须这么做。卡洛斯·克罗尔的每一首诗都是一座需要攻克的审美堡垒。就是说：虽然他的诗歌是一座看似坚不可摧的堡垒，但它只有被征服的时候才魅力四射。暂且不论这一矛盾是否就是诗的本质。但这一矛盾在卡洛斯·克罗尔这里比在歌德或者格奥尔格或者策兰那里更加明显。20 世纪的脍炙人口的诗歌名篇都题为《灵魂之年①》《罂粟和记忆②》《保卫群狼③》。卡洛斯·克罗尔则是:《避光》《不轻》《存在的缝隙》。《存在的缝隙》,这是他最新的诗歌标题。这与其说是诗歌标题,不如说是反诗歌标题。他的诗歌既排斥读者,又邀请读者。这种紧张的平衡恰恰是这位诗人最内在的真实。这位诗人让我如履薄冰、如临深渊。尽管有严谨治学的专业素质,我还是喜欢侃侃而谈而非沉默寡言。所以我和卡洛斯·克罗尔形成某种对立。举一个生动的例子:接到致辞邀请后,我马上恶补与克罗尔相关的知识,然后我想跟这位以拒斥态度吸引读者的诗人建立联系,所以写信给他。他的回复是:尊敬的教授先生,您千万别理解我。这句话我读了不止一遍。我一开始以为他想说:您千万别误解我。后来才逐渐明白他的真实意思就是:您千万别理解我!他的回信就这一句话,我被逼无奈,只好埋头阅读。我读得很认真,也有了心得。我无法期待在座各位比我了解得更多,所以我就给大家朗诵卡洛斯·克罗尔诗歌的选句和选段。他的诗歌一方面优美、简单,就像我们在传统诗歌中司空见惯的那样。譬如:

> 溪流把银色的音节送进山谷,
>
> 褐色的土地带着好奇一路陪伴。
>
> 太阳熠熠生辉,
>
> 一个瞬息万变的幸福体系诞生。

---

① 格奥尔格的一部诗集,1897 年出版。
② 策兰的一部诗集,1952 年出版。
③ 恩岑斯贝格的一首诗歌,1962 年发表。

这字里行间的痛苦不是秘密,很受欢迎,但众所周知。另一方面又有如下句子:

把自己藏在
内心。变换
语言,让自己
不再理解自己。

请大家注意:一位诗人在寻找一种让自己不再理解自己的语言。但随后又是:

一种痛苦在我的舌头上生锈。

这虽然是一种只有诗人才能感受的痛苦,但我们感觉这也是对我们的要求,我们应该看看自己舌头上是否也有痛苦生锈。写诗吧,不然拿它做什么。接下来却是:

还是让我去我不想去的地方吧。

这必须读两遍以上才行。

还是让我去我不想去的地方吧。

继续来这种风格：

　　我想逃脱自身,但逃向哪里?

随后更加生硬：

　　被关在什么里面,却没有任何安全感。

而如果想再来点先前的诗意：

　　死去的鸟儿蹲在假想的枝丫上面。

诗人就会下更多的笔墨,看：

　　我搬家,不知去哪。
　　火热与损失。孤独的冰。
　　我在沉默中死去。

而且刚好这样：

　　教训,并非来自我亲眼所见。
　　幸好我什么也看不见。

我们的诗人如此体验自身：

一次次地踉跄行走，
为何从未摔倒在地。
早已倒地却依然相信，
世界离不开你。

我们的诗人就有了如下遭遇：

若有阻挡灵感的帽子，
我们会始终保持平静。
我们在燃烧。火上浇油
是我们的骄傲。骄傲不怕火炼。

他别无选择：

编织语言的衣裳
抵御世界的寒冷。
把额头舒展。
把痛苦的稻米燃烧。
保持轻松，保持本色。

但随后：

啊,写诗就是发笑,

你悄无声息,把石头啃咬。

你的命运,已闭目塞听,

你的生命,已累倒在你嘴里。

如果要再次恢复先前的诗意:

飘落的树叶随风起舞,

哪知自己即将入土。

但是命运母题再次出现:

这是我的仅有,我要更多,

一场雨水与我擦肩而过。

我心情沉重,不知缘由。

唯有毁灭构成我的命运。

下面几行写得非常具体,囊括了此在:

可以把我砌成几堵墙,以免

与人握手

看着难受。

或者同样具体和贴近：

> 可惜时候已过，
> 我们不再放高温假，
> 我们现在又冷又穷
> 在咒骂中取暖。

或者：

> 撕毁与色彩的协议，
> 说吧，绿色变金色又如何，
> 把童话的谜团解开，
> 学会不穿衣不着凉。

可以把这称作简单直白吗，我问自己。再看这个：

> 我真想远离
> 自己和同类。

我们可以把这称为否定的理想纲领。他痴迷于自我否定而不能自拔，这样的诗人我没见过第二个。是的，我说他痴迷于此，我不得不这么说。和自己过不去，这既是一句脱口而出的妙语，也是一首很有格调的诗歌，所以必须把拒绝自我的尝试称为诗人终身探讨

的一个话题,如果不是其终身探讨的唯一话题:

> 绘图,挖掘,消失,
> 别培育希望,坚持
> 无情无义,无知无识,
> 但愿这是我的目标。

 但是我们诗人一再遭遇物极必反,他的否定狂欢也走向了反面。

> 燃烧的双脚站在冰块之上,
> 躲过八小时工作日,出卖
> 自身,怕死
> 又怕生,和发式交朋友。

 他一再表达自己无能为力:

> 我不明白词语把我引向何方,
> 真想把自己完全托付给文本
> 随后免去一切的责任,
> 臆想的责任。我们一无所知,
> 我们侧耳倾听,倘若在我们心里
> 发出某种声音。

随后来了这类句子：

一人一个样。

我慢慢才发现，这位诗人一直通过语言手段体验自身的存在，他的语言总想力图对整体、对宏大的整体进行把握和表达。这位诗人眼里无小事。他的诗歌全是微言大义：

真的不想知道，
飘落的树叶，
用句号收尾的诗歌
它们的意思是什么。

现在我把卡洛斯·克罗尔的诗歌当成一部讲述个体存在的小说来阅读。这部小说的叙述独具一格、绵延不断。读者心中的疑问烟消云散：诗人只是说他自己？或者也在说我？如同诗人的存在作为诗人的存在所表达的一切，社会现象也都是存在的文本。阅读这些诗歌，最美好的感受来自一个发现，即：这位诗人的自我发出的最极端的声音，也是我们每个人的存在所发出的声音。而这就意味着，如果把诗人变成山珍海味，再把我们这些平凡人变成山珍海味的消费者，那将十分可笑。这位诗人在我们心中唤起荷尔德林早就赋予我们的一个理想：人是一种诗意的存在。

亲爱的卡洛斯·克罗尔，我们为此衷心地感谢您。

人们热烈鼓掌。包括特奥，包括伊莉丝。足足几分钟，大厅里充满一种独特的氛围。特奥尚未在任何时候、任何地点体验过这种氛围。

随后是卡洛斯·克罗尔上台演讲。但他没有表现一步跨越的潇洒。他甚至显得有些吃力。他与教授握手，教授哈哈大笑，双手握着诗人的手，将其高高举起。卡洛斯·克罗尔表示自己有话要说，瞬间鸦雀无声。诗人说：教授先生，我请求您做的事情您没有做，谢谢。我知道自己为何不想被人理解。您对我进行了反驳，您的讲话拉低了我的水准，使我变得通俗易懂。算我倒霉。谢谢。

然后对众人说：晚安。

然后扔下教授，走向安克·米勒博士女士，和她一起离开大厅。

掌声退潮后，特奥和伊莉丝找到他们的汽车，驶向王宫饭店。说好在那里聚餐。

他们到达的时候，众人已经站在一张布置得很喜庆的餐台边相互碰杯。

没过一会儿，参议坐到上座。右侧是戴荆棘冠的圣母，然后是优秀文学促进会会长，然后是伊莉丝。相向而坐的是卡洛斯·克罗尔，颂扬人，特奥。

参议要了一瓶白葡萄酒，请酒水总管给在座的客人讲讲这款酒的生平。特奥知道这里都用法语叫酒水总管。蒂罗先生，请。酒水总管非常高兴，因为他现在可以大显身手，讲讲与这款来自卢瓦尔河谷的葡萄酒相关的一切事情。这款酒在木桶里沉睡了好几十年，木桶则取材于一棵百年古树。特奥听得津津有味，纯粹因为欣赏和观察参议是一种享受。特奥突然间恍然大悟，知道参议让他想起谁：庞贝。在伊斯尼，在小学的课堂里，听罗马史的时候班上发生过一场争论。一派拥护恺撒，他们是多数派；少数派以特奥为首，他们拥护庞贝。参议看着很像庞贝，何况他名叫达内利乌斯。庞贝死了，他的宏伟塑像却永远屹立。历史老师还说过，恺撒可能就是在雕像的基座上遇刺的。庞贝不像恺撒或者克拉苏，不是罗马式瘦削脸型。后来，每当特奥想知道自己和某个人的关系如何的时候，他就问对方：喜欢恺撒还是庞贝？人家当然可以回答：恺撒。但是特奥需要知道这点。卡洛斯·克罗尔毫不迟疑、也毫无保留地站到恺撒一边。他把庞贝称作可怜巴巴的软蛋。他赞美恺撒，因为恺撒在扫荡东方、尚未称帝之时就已尽显英雄本色：他在地中海东岸抓住十三个海盗，随后全部钉上十字架。

不管是不是庞贝，参议总归是罗马人。庞贝的慈眉善目早已载入史册。认可别人，似乎就是这个人的美德。总之，这不是一张一次又一次地咬紧牙关的嘴，而是一双从不紧闭的嘴唇，它们永远处于飘浮状态，等待表达理解那一刻。参议和圣母坐在一起看着有点滑稽，前者打着大花领带，后者穿一身流光四溢的、间杂着金色和黑色竖条花纹的连衣裙。她坐在参议的左面。当她和卡洛斯·克罗尔步入诗社的时候，就像是一位超级母亲牵着调皮捣蛋的宝贝儿子进来。她采用一种趋于掩盖年龄的妆容,试图以此淡化他比她小十二岁这一事实。其结果就是一张戴着面具的脸。一个阿格里皮娜,特奥心里想。她是母亲阿格里皮娜,卡洛斯·克罗尔就是儿子尼禄。但他不是尼禄。

用餐时特奥看到不宜观瞻的场景。协会会长的嘴半边偏瘫,把这些美味佳肴送进去自然难上加难。有时候,一根炒豆角在他的右边嘴角挂上好一会儿他自己才注意到,才用上叉子和勺子。坐在他旁边的伊莉丝把疑惑的目光投向坐在对面的特奥。需要她帮忙吗?帮他把松露叶子塞进他偏瘫的嘴里去吗? 特奥摇头。

协会会长用餐的时候才想起一大疏忽:他没有向大家解释我们的诗人的出版商梅拉妮·苏格为什么没有出现。她遇上肾绞疼,正躺在州立医院! 尽管他明显很难把嘴里的牡蛎菠菜安顿好,他却一次又一次地表示遗憾,说自己没有为梅拉妮·苏格的缺席向众人道歉。如果她知道了——她一定会知道,他就大祸临头了。

颂扬人比同桌的任何人都吃得多、吃得快,他觉得协会会长的哀歌有点烦。他不得不进行抗议,尽管蘸着酸奶汁的橙子酥塞满了他半个嘴巴。他说,饭菜这么好吃,协会会长怎么还……刚刚把一口从未尝过的大闸蟹肉泥送到嘴里,就不得不听主办者唠唠叨叨。太好吃了,他接连吃了好几盘。特奥暗地里替他数了一下,他的确来了三道不同的前菜。说罢,他对着协会会长干了一杯,后者一脸惊讶,从对面望着他。杯酒下肚后颂扬人继续专心致志地大快朵颐。如果不快点,他会错过洋蓟卷儿。随后他又猛地抬头,大喊一声:肾结石绞疼! 如果这话一开始就说,他肯定不可能发表获奖颂词演说。

每当有人对参议说"干杯",参议都字正腔圆地回一个 cheers。特奥听着很开心。

餐后甜点过后,俩人之间才出现某种和平。颂扬人甜食也不得不吃了双份,因为——他痛快地道出了原因——他不知道蛋糕敷层、柠檬酱、水果酸奶、果冻做成一道菜是何等美味。他还大大方方地告诉众人,他很重视感官享受。他就喜欢实话实说。说罢他又要求众人喝酒,要求大家说干杯或者 cheers。他说他现在知道有什么东西可以派上用场了:他在颂词中未能称颂我们的诗人最最美妙的诗句,非常可惜,非常非常的可惜。那句话可以说太积极、太健康了,再说,颂词的篇幅有限,放进去肯定会破坏诗人的存在这一话题奠定的基调,我们的诗人的核心话题是:无法克服的自我怀疑。那最最美妙的诗句现在必须告诉大家:从肉体获得智慧。女士们,先生们,干杯!

众人又干了一杯。达内利乌斯参议来了一个抑扬顿挫的 cheers。

看了印刷得非常精致的宴会菜单,特奥才闹明白颂扬人每一道菜都吃的是什么。

然后是参议发言。既然颂扬人主动说起自己的颂词,而且带有自我批评的意味,现在我就问一个本该在大厅里问的问题。这涉及"诗人无爱"这一主题,它像主导动机一样反复出现。很明显,无爱是造成诗人自我怀疑的一个因素,如果不是唯一的因素。不满自我像主导动机一样反复出现。

颂扬人害怕必须提供答案而影响他享用第三道餐后甜点,他正好端着一勺椰汁想往急于吞咽的嘴边送,所以大声说道:呵呵,评论!餐后甜点配评论!主导动机一般!呵呵!跑到瓦格纳这里来了!吃谁的面包,唱谁的歌!说着他把勺里的东西整个推送嘴里,然后抹了抹嘴,说:和我们的诗人相反,我没有资本,不能让人不理解或者误解。

参议赶紧打消颂扬人的忧虑。他只想说,他的当务之急是要了解一个事实,即我们诗人对自己如同对人类一样缺乏爱。这是一个令人起敬的福音。无爱的福音!Cheers!

然后是颂扬人:现在轮到我们的诗人了!缺乏爱的福音!在我们高贵的捐赠者的诱惑下,我们也还为之干了一杯。克罗尔先生,请!

特奥非常好奇,他的卡洛斯·克罗尔的新鲜事情他听了这么多。现在得让他自己来澄清。随后是克罗尔讲话,又是典型的克罗尔。

如果我的回答让各位一听就明白,我还是克罗尔?女士们、先生们,依我看,全世界都可以在我这里体验一个真理,即语言的质量就在于让人捉摸不透或者随意理解。我们圣灵降临节再见!但地点是巴比伦!在我看来,我的诗歌再清楚不过了。现在我再献上一首诗,作为甜点中的甜点:

> 让我像傻瓜似的在你的跑道上奔跑。
> 挥舞你的鞭子。

用狂欢节的玫瑰打扮我。

让我像疯鸟一样喊叫。

Cheers！

他转变立场，向参议的 Cheers 靠拢，显得非常可爱。参议则以一种自信的温和予以回应。

颂扬人端着一勺蛋黄慕斯在空中来回晃悠，说：On s'amuse①！

我们的交谈也有一个餐后甜点环节，协会会长说，现在进入甜点环节。他起头。他问颂扬人：您知道这段子吗？有人阴茎勃起，然后冲向墙壁，结果呢？鼻梁骨折。

有意思，颂扬人大声说，然后他来一个段子：有一半的男人在干完之后不和女人一起恬然入睡，为什么？因为他们必须回家。

投桃报李，再来一个，协会会长说：一个金发女郎的左腿对右腿说什么？你我之间如果没有意外插入，我们就去电影院。

颂扬人：我也有关于金发女郎的段子。为什么金发女郎都喜欢带天窗的汽车？因为这样利于高举双腿。

俩人就这样你一句我一句。听着来劲，讲着也来劲。但由于其他人没有反应，协会会长最后说，现在来点正经的。为什么女人喜欢站在灶台边？因为炉灶的吸引力。

特奥不是唯一一个不为这些段子所动的人。这一发现让他很高兴。俩人相互捧场，但是他们的笑声越来越短，最后都不再发笑。

---

① 法语：上点开心段子。

他们自认倒霉,与自己生活在同一个时代的人竟如此不苟言笑。大家左一个干杯、右一个 Cheers,他们在杯觥交错中重新归队。

现在是参议大显身手。他有深入浅出的本事。他说:不管我们把语言造成的事实称为理解还是不解还是误解,当语言的洪流滚滚而来之时,我们只是水流裹挟的对象。按照威廉·格林的说法,裹挟我们的,是语言瞬息万变的灵活性。格林兄弟是有史以来最伟大的兄弟,威廉是弟弟。上述观点源于他 1849 年在法兰克福国民议会上发表的讲话。威廉·格林竟然可以到一个如此高级别的政治会议上发表演讲,介绍自己与哥哥雅各布的共同项目,也就是他们编纂的大词典。这不得不令人抚今追昔。当初的议会还可以严肃认真而非敷衍了事地谈论语言。不带任何的派性。威廉·格林正是在这次演讲中谈到词语的自然史。我还想表达一个看法:如果语言是一个自然过程,我们彼此推卸并不存在的责任就非常的愚蠢。我们不能因为卡洛斯·克罗尔传播了无爱的福音而责备他。他只是一张嘴,他只负责宣布什么事情到时候了或者到了出场的时候。所以,这无损其作品的伟大。凡是我喜欢的别人创作的东西,他就希望也能够以自己的方式写出同样的东西。没有这种愿望,他就无法喜欢别人创作的东西。我们度过了一个——对不起——五彩缤纷的夜晚,这个夜晚在我心里唤起一个美好的意愿,那就是:对一切的美顶礼膜拜,直至永远。为此,我感谢所有人,尤其是亲爱的克罗尔先生。

这是他的讲话。在他之后没有人想说点什么,或者能够说点什么。整整一晚上阿格里皮娜都是一副做工精致、鄙夷不屑的面具,在最后一刻才笑逐颜开。

　　特奥和伊莉丝开车回索恩。伊莉丝说：我们谁也不认识。

　　说到达内利乌斯参议，俩人一拍即合。

　　可惜，特奥说，我们可能再也见不着他了。

　　伊莉丝还不得不提醒说，参议顺便提到果冻是尼禄发明的。

　　听了这话，特奥感觉她今晚的感觉与他没有根本的不同。这是一种美滋滋的感觉。

十三

现在他也学会了一个本事：把信写成寄不出去的样子。他变成了自己的收信人。但是，他不但是给自己写信，而且是写给作家，写给自己。已经有两个收信人了。

但是您，亲爱的女士，是我最可爱的收信人。

给她写信的时候，他感觉世界变得更温暖，连汽车顶上也冒出悠悠青草。当然，给她写信的时候他可能死去。他清晰地感觉到：给她写信时他其实无法呼吸。他只有写完一个句子才能呼吸，但吸气又想接着写。他必须服从呼吸的强制。写信时他根本不知道他应该写什么、他能够写什么、他可以写什么、他必须写什么。他写了又写。写到休克。如果他写信时失去知觉、一头栽倒，甚至再也起不来，他就得救了。另一方面，他想写点她乐意读的东西。写点她爱不释手、一气读完的东西。但这可能是什么？

一次漫游。最好穿越一片没有尽头的森林。他们可以讨论他们是否永生。她从一棵树——自然是榉树——上摘下一片叶子，然后一扔,这片叶子没有直接落地。它被她和他的眼光托住,飘浮空中,如果他们不转移目光,它就永远飘浮空中。但她不想如此过分。她伸手抓住树叶,让它滑落地上。现在轮到他了。您看,他会一边说话,一边站到榉树前,仿佛这是一根刑讯柱:他在受刑。她在用刑。他在惨叫。她没听见,这是她的责任。因为她听不见,所以他才惨叫。你是杀人犯,他喊道。我不反对你杀我。随后他突然安静下来,他对她说:如果你不马上赶到一个小溪边上,我就自溺身亡,而且是受你委托。我不想被救。请你原谅我的说话口吻。我深知自己是死亡候选人。所有人都是死亡候选人,除了你。你是对立面。你是永生的候选人。你可能根本不知道自己有朝一日会死去。这个可能还没人跟她说。谁敢拿这种话对她说?

伊莉丝建立了一个顾客档案,取名为品味分类档案。里面有她的照片。伊莉丝请他把她纳入贵宾名单。看见这些照片后,他心里产生强烈冲动,非给她写信不可。同时他又感觉到,他必须给她写一封无法寄出的信。女神伊莉丝给他提供了各种数据。包括与探戈有关的数据。他向伊莉丝坦陈实情,说自己恰恰非给这位客人写信不可,女神伊莉丝说:变态。他说:失态,伊莉丝,失态就够了。

如果你还读我的信,拜托,请坚持读下去。我很快就不行了。没几口气了。但剩下这几口气是用来和你比翼双飞的。和你一起飞翔!一次试飞!起飞了。但是这种最起码的共性还是感觉得到。我们飞得越高,身子就变得越轻巧,直到我们失去所谓的责任感。在各种常见的情感中,最讨厌、最碍事、最可笑的就是责任感。

她感觉到消失，摆脱了重力，就摆脱了人间的一切瞎扯淡。现在我终于可以说一句在下面的世界永远说不出口的话：我爱你。这话你当然听过，但是在高空听到这话感受自然有所不同。哈喽，你还在读信吗？我想和你保持联系。在什么地方，以什么方式，无所谓。只要和你有一种可以定性的联系，我就知足了，不是一点矛盾没有，但要保证句子通顺，循规蹈矩，千万别标新立异。即便我们随后一起开车通过步行街，不得不用喇叭声在挤得水泄不通的人流中开出一条路，我们也不必中断我们的高水平对话，哪怕一分一秒。你说句话我就心满意足了。只要你说你想永生永世和我驱车穿行世界各地的步行街，我立刻回答：一言为定，然后一脚把油门踩到底，再见。

假话比真话更正确？就因为假话更容易接受或者听起来更好受？亲爱的西娜，最后我还要坦承一点。我的告白滑稽可笑、不可救药，其肆无忌惮由此自取灭亡。我想告诉你：你是一种美的强制。我想连续不断地拿优美的字句献给你，献给你一个人。简言之，在你跟前，我巴不得自己是一个诗人。什么是诗人？诗人就是把事情说得比现实更美的人。你在强迫我成为这样的人，或者说在强迫我模仿这样的人。不由自主。道理很简单：

世界需要意义，
如同爱情需要鲜花。
在我心里，
不断有新的萌芽。

再见。

* * *

慕尼黑,2014 年 8 月 2 日

尊敬的巴尔德奥夫女士:

现在我试图写一封写完能够寄给您的信。您可能对我的妻子伊莉丝比对我的印象更为深刻。我坐在收银台后面。由此见到您。我(乐意)承认,您给我留下深刻印象。您知道自己对人的影响。或者:您一定知道自己产生何种影响。**没有什么事情是超越美的**,最近一位作家发表了这一高论。我感觉您的眼睛让我受到震动。您的目光留在我的心中。走在街上,我很难认出您,除非我遇到您的眼睛,您的目光。我不能说因为您有这双眼睛、这种目光我才对您充满感激。我更是在尝试克服您的影响。由于我老是听见伊莉丝和女宾们的交谈——不管我愿意不愿意,您也有一句话让我记住了。这句话自然来自您的探戈世界。我不知道我为什么记住了这句话。我把它写给您,因为我希望您不会记住自己说的所有的话。这话若被遗忘,那就太可惜了。伊莉丝陶醉在回忆之中,对于可以在极小的空间里做飞速旋转的探戈啧啧称奇。她当然不会忘记提起她主要卖意大利产的**皮沃夫人牌舞鞋**①,这种鞋比阿根廷产的**恰好牌舞鞋**更适合做旋转动作,尽管后者明显贵得多。但是您不为所

---

① 原文为法语:Madame Pivot。

动,你的心思在神圣的探戈:"如果轴心稳定,那就相当于两个舞伴共用一个轴心,他们围绕轴心旋转。"其实我就想谢谢您讲出这句话。

致以崇高的敬意

您的特奥·沙特

又及:我最后一句话接近谎言。我们即便不可能说出真相也不必立刻撒谎。我想说的是,第一次把那句话写下来之后,它就时时浮现在我的脑海里。俩人在旋转中合二为一! 听起来仿佛真是可以得到解脱!

* * *

慕尼黑,2014 年 8 月 7 日

亲爱的沙特先生:

如果我的理解没错,您这封无法寄出的信有了一个可以寄出的版本。您寄来一个可供人阅读的版本。我对您充满感激。我一而再再而三地卷入自己的主观性,如果能够做到让自己的主观性藏而不露,我总是很高兴。我一辈子都觉得自己身处错误人生、迷茫人生。就像在一个糟糕的时间点上错了车,而且没有返程票。

若论坦白真相,我无论如何胜您一筹。我并没有"乐意"坦白,更多是被迫。至于压力来何方,我不想知道。

但是我必须说,付款那一刻您抬头看我的样子让我受到震动。您抬头看我。就像在仰望高空。仰望刺眼的高空。我再坦白一点:后来我在车里坐了一会儿(在禁停区域)。没有原因。我还看见您从商店里出来,奔向路德维希大街。因为我不想与事情有任何牵连,随后就把车开走了。

不用再去回忆了,有一些瞬间是不值得保留的!

您把我谈论旋转轴心那句话寄给我,很好!探戈是一个平行世界,我情愿生活在平行世界而非现实世界。是的,我之所以对探戈上瘾,是因为每跳一支时长为三四分钟的舞曲,我的大脑就休一次假。为了做到真正的优美,探戈要求我全神贯注、沉浸其中。我多数时候予以配合,然后在舞曲中随波荡漾。星期五,也就是今天,是我最喜欢的探戈日。

亲爱的沙特先生,您一切安好!

西娜·巴尔德奥夫敬祝!

又及:我也来一则又及:今天倘若不是我的生日,我就不会给您回信!我的生日是我的问题日子。我的上帝,您让我变得絮絮叨叨。还是代我向您聪明的妻子问好!她已证明自己的聪明,因为她及时告别了探戈。探戈是某种不存在的事物的最佳替代品。但现在我的超我对我说:住嘴吧,小丫头!

* * *

慕尼黑,2014 年 8 月 11 日

亲爱的巴尔德奥夫女士:

人们所遭遇(或者所做)的事情,不必服从高一级的测量或者评价体系。这意味着:人们可以做一些没法辩解的事情。

我给您回信,虽然您给我讲了不用回信的道理。我这么做,只是因为您提起我本应非死不可那一瞬间。我不再给您写不可以寄出的信。我会努力删除每一字每一句,只要它有可能让我的信寄不出去。我时日不多了。我没有意见,如果可以对自己全然陌生的事情发表意见。

死亡,说起来容易。做起来可能变得很艰难。我的前景可观,可能不会遭遇最糟糕的事情。我点到为止。

据说,令人生畏的腓特烈·威廉一世平静安详地死去,给人印象极深。享年五十二岁。

现在说相反的事情:我在顾客档案里看了一下。您的职业栏里面写的是:办公室主管。恭喜您想出这个词。我的职业是(或者曾经是):商人。

我不再有理由认为什么事情是可能的。我没法忍受这种状态。我受不了。我想说,我不喜欢无望。即便在我自尽(这是一个多么奇妙的字眼)那一刻,我还会反对自尽。但我还是要下手。我希望如此。假如我是一个容器,那就是一个空心容器。我从一个虚无眺望另一个虚无。

我不禁想起一则希腊神话:赫拉克勒斯引来阿尔甫斯河和珀涅俄斯河的河水,使其穿流奥革阿斯牛圈,以便将牛粪冲走。我的理解是：要摆脱牛粪，必须付出比预期翻倍的劳动。

因此，虽然我承认我向您欣然坦承了一些事情，但我同时补充一句：我必须禁止自己拿这些事情来打扰您。有一个再清楚不过的事实：您，一个可能没有受过打击、因而刀枪不入的办公室主任；我，一个被人性的无耻摧毁的生意人。您，美貌惊人；我，其貌不扬（千万别做出反应）！您，孑然一身，无牵无挂；我，被一根已经切割不断的婚姻纽带所束缚（这也不需要评论）。您，一个探戈舞者，您使探戈变成了一个令人信服的宗教；我，已经严重失去了平衡感。

这意味着：除了我们彼此的不兼容，我不可以表达别的什么。

唯一可以责备我的，就是我做了上述表达，可能还要把信寄走。我不想接受命运的无耻行径，因为它使您变得遥不可及。这是一个悲惨命运，还冠以特奥·沙特的名字。

我所写的，您必须当作一个明知不可为而为之的求职者的信来读、来对待。答复这类求职信的最好方式就是不回答。

请相信我的话，务必：您不回答我赞同。发自心底！来自我的心脏的每一根肌肉纤维。

再见

特奥·沙特

＊　＊　＊

慕尼黑，2014 年 8 月 23 日

啊，亲爱的特奥·沙特：

既然您如此回信,您就在强迫我回信。沉着、冷静,也许还有耐心,这是我对您的期望。也是对我自己的期望。

我的回答只针对您信中明显错误的说法(别的就免了,尊重您的意愿)。

您说我是一个刀枪不入的办公室主任——我正在撰写辞职信。公司有监控员。我们没有达到康采恩给我们下达的一千一百三十万的任务指标。结果:结构转换。对于外勤人员,这意味着缩小领域,以便服务最优。对于外勤人员,这意味着挣得更少、干得更多。哪一天到哪一个城市做外勤,整个的工作安排最晚在 2014 年 9 月 1 日寄给所有人员。三个做内勤的女员工被开了,因为她们声称给顾客打了电话,但是没人接。但与此同时,这些顾客来了订单。就是说,她们说了谎,等等。劳动协议把工资削减三分之一。据说,这不是所有者的意愿,而是市场的意愿。全球性的需求疲软已蔓延到欧元区,等等。这一切我没法再给员工们解释。因为他们对我说:房租上涨,等等。

您知道,我从十一月起就失业了。我盼望失业,就像盼望过不完的圣诞节。

自尽是一个漂亮的词,我有同感。您在研究这个问题,这拉近了我们的距离,近得没法说。但是我们俩都知道:一了百了的愿望是某种心情的结果,而心情总是转瞬即逝。很明显:不存在一丁点的怀孕,也不存在一丁点的寻死愿望。晚安。

想起来了,在太阳街的聚会上有两个人坐在角落里的一张小桌旁,彼此不说话。那次聚会是呼风唤雨的奥利弗·舒姆搞的,所有人都来了,总共五六十人。那俩人引起了我注意。我不得不悄悄问奥利弗他们是谁。他当然认识自己请来的人。他把我拉到吧台,尽量远离那俩人,然后告诉我:瘦子是一个重要的电影制作人,胖子是一个进口商。主要做印度贸易。这俩人一开始就属于这个被他称为俱乐部的朋友圈。有传言或者消息说,电影制作人最多还能活四个星期,肺癌;进口商,肝癌,活不了四个星期。他们对彼此的病情一无所知。他也注意到这俩人跑到角落里的小桌旁坐着并且互不搭理。他在考虑是否应该走过去让他们交谈起来。他们就像两个坐在候车室里的旅行者,俩人之间的纽带就是发车时间,主人如是说。我相信他后来没有去找他们。我也忙着应酬朋友和非朋友。当我再一次朝那边看的时候,只剩下进口商坐在那里。但坐他对面我可做不到。怎么说呢,后来我走了。那是星期五,我最喜欢的探戈舞会。当我离开大楼的时候,那两个沉默者也跟着走了。

我马上尝试请洛伦茨共舞。他来自维也纳,自认为是明星,眼里只有那些跳得最好的女人,我不入他的法眼。他总是和两个朋友一起来,我经常跟他们跳舞,所以知道他的名字。好长时间他看都不看我一眼,至少一年半吧。现在也一样。后来我跳得越来越好,他认为我可以做他的舞伴了,我又没兴趣了。今天我来了兴致,想尝试邀他跳舞。我用眼神发出邀请。西班牙语叫米拉达(这个您知道的)。未果。算了吧,我想。我和来自阿尔高的汉斯-约尔格跳。刚刚在脸书上看到的一张照片又让我想起他来了。照片上的他跟克里斯丁娜紧紧贴在一起,克里斯丁娜则是一个永远在寻找男人的女人。汉斯-约尔格跳舞的套路和古典探戈毫不相干。他完全用双臂引导,从来不用上半身。他在我右臂上造成的压力让我渐渐感到疼痛。而且,他的两只胳膊在一个方向用力,上身则在另一个方向用力。如果我跟随其上身方向,他就把我的胳膊拧弯。

然后我看见洛伦茨离开舞场。他朝我走来,跟我告别。他承认把我的名字忘了。他很有风度,想借此表示他注意到我的眼神邀请。你马上就有舞伴的感觉了。

一切都非常、非常的相对。这意味着经不起追问。

晚安,亲爱的特奥·沙特。

西娜

* * *

亲爱的作家先生:

您竟然真实地或者虚拟地存在!如果远走他乡,亚历山大·封·洪堡就少一点自我厌恶。我要搬到哪里去才能减少对自身的厌恶?我搬家了。挪动的距离太短。不能再强求伊莉丝在埃希特大街看见我。我想——套用军事术语——在梅尔希奥大街重整旗鼓,把残余部队整合起来,吹响撤军的号角。我吃了败仗,但没有被歼灭。

亲爱的作家先生,我向您学习,把自己变成了特奥·沙特。他的性格应该比我更沉稳。

最终我还是得告诉您,我,一个失败的生意人,依然靠我的通俗文学过着好日子。我钟爱自己的书,尽管它们被一个真正的诗人进行了无情的诋毁。我在写作方面要求不高,满足于写写自己的感受。人们喜欢读我写的东西。至今如此。我的文字没有丝毫文学或者说文学创作特征,我的话谁都理解。这些话必须有人把它说出来。

现在谈谈特奥·沙特。我希望他施以援手,使我能够承受无法承受的事情。应该由他而不是由我来承受这一切!他该吃什么苦,就让他吃什么苦,别让我吃苦!让他去沉浸在错觉里吧!前所未有的错觉!让他异想天开吧!让他去寻觅想象吧!

他第一眼见到西娜·巴尔德奥夫就眼花缭乱,这种体验他前所未有。她却告诉他,她属于一个被奥利弗·舒姆称为俱乐部的社交圈。舒姆是圈子里的老大,负责请客、掏钱,等等。

有一段时间,特奥·沙特处于自言自语、嘟嘟囔囔的状态。吓得伊莉丝目瞪口呆。他摇摇头,表示自己一切都好。他把自己的东西装进箱子,仿佛要外出一到两周,说自己现在必须去梅尔希奥大街。伊莉丝知道那套房子,里面有一套为客户准备的小公寓。开车把我送过去,求求你。她开车把他送过去。他清楚地表示自己无法对任何事情做出解释。她走之前他拥抱她。谢谢是他唯一说出的字眼。然后他温柔地把她推出门去,还给了一个吻。吻的是她的脖子。她知道他很清楚她是多么喜欢他吻她的脖子。

他坐到写字台前。当初他买这张桌子,就是想让客人产生威风凛凛的感觉。这张产于19世纪后半期的写字台是一个高雅的迷宫,一坐下去就能体会到它提供的可能超出了需要范围,它邀请每一个人进行表演。

现在他越来越频繁地使用第三人称讲述自己的事情。这一方面要归咎于您,亲爱的作家先生,为我树立了一个榜样。另一方面,我希望跟各种行为,尤其是他的行为保持距离。他发现讲述的时候无法克服自己的反感乃至厌恶。但他不吐不快,他当时的确如此。那是他,不是我。

希望得到您的理解

特奥·沙特

特奥已经在面前放了一张纸,从笔筒里拿出一支钢笔,然后坐在那里开写:

亲爱的伊莉斯:

现在写不下去了。

屋里摆着几张宽大的沙发。落座后他想抽烟,这是一种久违的体验。他知道香烟和雪茄放在哪个抽屉里。现在不抽雪茄,毫无疑问,但需要抽一根烟。再来一支,来第三支,来第四支。他幸灾乐祸地阅读烟盒上的警示:吸烟危及生命。他吸了一支又一支,直到一支不剩。世界就是现在这样子?西娜·巴尔德奥夫非做他的头号竞争对手的鹰从不可?他应该学会迫害妄想症吗?那位先生对女人总是招之即来,西娜·巴尔德奥夫也不例外?也被召到他床上?没了兴趣就挥之即去?这个妙语连珠的女人也只是一个奴婢?舒姆先生的奴婢?他随机挑选的轻浮女人?一切事情都是怎么使他痛苦就怎么来,这是怎样的一个世界? 如果生命总是寻找最大的痛苦,人为什么要活着? 生命想让人们无法承受? 世界就是一个制造不可能的体系?

回到致伊莉丝的信。

亲爱的伊莉丝:

你习惯了我叫你女神伊莉丝。你最喜欢赞同他人,现在你也赞同这个非常随便的美称。所以,亲爱的女神伊莉丝,你带着玩笑对我进行回敬,叫我男神夫君,现在依然这么叫。这表明我们的关系多么均衡、多么和谐。我是世界上最幸福的丈夫! 没有哪一天这个世界不主动向我证明像你这样好的没有第二个。我们心心相印,配合默契。我们排斥理论。我们天真幼稚! 因为你。因为我。因为你那取之不尽的自然力。你可以不动声色地把每一天都变得灿烂辉煌。被撵出了世界的安宁在你的心中安了家。你是可靠的避难所,忠诚的化身,无可置疑特性的化身。地球上的矿物质中间唯有黄金能和你媲美,所以我对你的讲话、我对你的称呼常常都是: 金子。我的金子。

我赞美你。每天升起的太阳赞美你。好天气赞美你,坏天气也赞美你。你是化身为人的气候,你使万物茁壮成长。我承认,我发现自己只有在赞美你的时候才有活力。

现在我不得不从我们受着层层庇护的房子里搬出。我不得不仓皇逃遁,否则我的存在就接近一种谎言。女神伊莉丝,对你撒谎,天理不容。所以我走开。暂时,或者永远。我走到了尽头,女神伊莉丝。这根本无所谓。如果我倒下了,我重新属于你。只属于你。

从临时的彼岸向你问好。

你的苦苦挣扎的特奥

随后从抽屉里拿了一张纸写道:

2014年8月25日,星期一,19点18分

尊敬的西娜·巴尔德奥夫:

现在是时候了。我以前所未有的方式保持克制。这意味着,我是前所未有的不可信。这并不意味着我撒谎。这究竟意味着什么,我请您来判断。我太愿意把自己的意思向您讲清楚。我想说,我前所未有地做好了准备。不过,既然一个人反正不会恒久地活着,他完全可以说点欲言又止的、拐弯抹角的、无中生有的话!

我相信,这是一封表达清晰的、思想透明的、情真意切的、有暴露癖好的信。我祝愿它,我祝愿我的信一路顺风。第一封电邮信件,为了避免煞有介事,同时加快速度。这点我承认。让这个浅显的谜语抵达您这里,再快也不嫌快。在您面前,任何谜语都不好意思,都将自动投降。不管您如何理解我,我都希望得到您的误解,这才让我感觉得到您基本的理解。

带着朴素的谦卑

特奥·沙特

又及:在我这里,您可以预料我把本不想写的东西放到"又及"

部分。您为我描写了两个死亡候选人彼此不加理会的场景，谢谢您。我是他们中间的一个，我不是您，不言而喻。但我印象最深的，是您成功进入多料名誉博士呼风唤雨者奥利弗·舒姆的宫廷（本想说：后宫）社会。之所以如此，是因为我一度不知天高地厚，把自己视为其竞争者。就因为我的公司（已经倒闭）也做专利生意。对于一个营销额比你多五十倍的人来说，你不是竞争对手，而是墙上的一只苍蝇，这只苍蝇等待最终结束其小命的蝇拍。请原谅。我只是不想让您以为我对这种关系抱有某种幻觉，如果那个圈子里有人提起我。但是现在您进了那个圈子，这事——怎么说呢——传到了我的耳朵。

再见

特奥·沙特

随后他就坐在那里。虽然不满意，但也不是单纯的不满意。他不是完全不满意，这在西娜信中的"又及"部分表达出来了。不写那几句"又及"，他现在会因为不满意而头晕目眩。给伊莉丝的信他不满意。在她面前他没把自己的意思表达出来。他现在也不知道信中怎样写才能给她说清楚他是遇到什么事了。他什么事也没有。根本不存在的事情你当然没法说。但你是多么希望有点什么事——那样的话你就非说不可！在这个阶段！快要结束的时候还让自己这么别扭！你丢人！

他知道，在他这里，这样鼓励自己克服一点懦弱总是毫无结果。

他感觉疲惫，却无法用睡眠来消除。某种重力或者半休克状态强迫他坐到沙发上,把他往沙发里拖。包包鼓鼓的传统沙发拥抱他。联想到现代设计对皮革软垫不屑一顾,躺在这里他更觉得骨酥肉麻。和一切保持距离,不再等待,不等待任何事情。

你可没有必要再等任何事物。这不是一个令人渴望的状态吗?他承认自己做不到不等待任何事物。他总是在等待,等待什么事情出现变化,朝着对他有利的方向。即便你知道没有任何事情朝着有利于你的方向改变,即便你想拿这个劝说自己,你也会等待什么事情朝着有利于你的方向发生变化。没有这一期待……他不知道没有这一期待会怎样。因为他没有不充满期待的时候。

他坐在这里没有白费功夫:她第一次来了电邮。

2014 年 8 月 27 日,星期三,21 点 46 分

亲爱的特奥·沙特:

看到您这封一气呵成,但却慢慢悠悠的电邮之前,我想过我对您能有什么期待。我感觉自己缺乏保护,所以我习惯性地未雨绸缪,构建防御工事。我总想预防一切,结果却是防不胜防!

于是现在有了这位沙特先生,特奥·沙特,探戈用品店里的男人。这家店有最漂亮的探戈服装供人挑选,店主是一个令人印象深刻的女人。那个男人平时蹲在摆放写字台的角落,有人来付钱他就挪挪地方。他从下方抬头看你,使你显得比实际上高很多。随后你就体会他的目光如何顺着你的身子往上移动。我承认他做得很好,他擅长这个,把人缠得舒舒服服。感觉起来就像以绿色环保方式生产出来的热量！他把一切都当作游戏加以认可，我承认，我甚至喜欢这种做事方式，但我不承认这超出了游戏的范围。我把这称为：对主观性强制的成功抵御。成功地反对做自己本来的样子！这实属罕见。人们孜孜不倦地发明各种游戏方式，以避免单纯依靠自身简单的、令人反感的主观性。这点我懂得欣赏。而且，我只有在误解您的时候才理解您，请原谅我把话说白。对于您，一个明显戴着多重面具的人，如果我假装一下子就什么都理解了，这对您来说是否很糟糕？尽管如此，我们可以继续游戏。成交（就像我们在生意场上所说！）。如果您的存在、您的言论都以我们之间成为单纯的游戏为目的，我举双手赞成。我们是虚无，我们无欲无求。我比您先进一小步。我手头的事情太多。所以，我彬彬有礼地戛然而止。

您的西娜·巴尔德奥夫

又及：向您学习，我也通过"又及"回答您的"又及"：奥利弗·舒姆是我的朋友。一个天才的朋友。至少十年了。十年前我总是欣然接受他的邀请，我不明白今天为什么不该接受他的邀请。经验表明，接受他的邀请总是令我的生活受益。

您的其实很不乐意接受问询的西娜·巴尔德奥夫

我只好即刻回信：

亲爱的西娜·巴尔德奥夫：

被人看穿是好事。看穿之后可以安心休息。所有面具都用过了？难以想象。现在换上"渴望"这一面具。

请注意，这是自娱自乐的渴望。它不会朝西娜·巴尔德奥夫方向搓手、远眺。我的渴望完全是自娱自乐。您是它的方向、它的内容、它的目标，但是它没有与您接触的愿望。我的渴望是一个方向。它是一种力量，但它不可以体现为一种运动，否则它会将我拽入空中，会让我降落在您周边的某个路边排水沟或是某一座桥下，因为您每天都开车路过那里。

我的渴望因为察觉到您的存在而生机勃勃。它不需要您招手或者鼓励，不需要您做出欢迎姿态。这是纯粹的渴望。没有这种渴望的就不知道什么是渴望。它光明磊落，这是它对让它安身立命的世界所做的妥协。它的光明磊落无可超越。它把自身的来龙去脉、把自己的里里外外表达得一清二楚。

我的渴望也是一个讲故事的高手。我要侧耳倾听，用我的心灵的耳朵。它使用了这类不太成功的比喻却毫无察觉。所以我就侧耳倾听，理解它为什么说：用心灵的耳朵！

四周的人都醒来了。地铁里的人突然之间也全都警觉起来。报纸跌落地上，无声无息。在奥伯森德林上来一个人，身上的衣服跨越了一个季度。我不知道自己从哪里得知这是一个女人。一曲由纯粹的高音组成的音乐，几乎没有节奏。她朝我走来，说：你的名字跟什么搭配？我说：幸福。她——现在完全清楚这是一个女人——说：把衣服脱了！马上出现如下一幕：不等列车停靠在波奇大街站，乘客的衣服全都从身上滑落。映入眼帘的，都是好看的人体。不分年龄和肤色，全都非常好看。长者的皱褶绚丽夺目，年轻人的身上长出笔挺的鲜花。地铁鲜花盛开。现在歌声也随之升起。一个缓慢上升的巨大声浪。一浪高过一浪,变得越来越响亮或者越来越低沉。人们听得越来越清楚,因为四周越来越安静,越来越寂静无声。这是孤独的声音,它从所有人的喉咙或者说灵魂中升起,叮叮当当地停留在空中。这些"无衣者"没有相互搂着脖子,也没有彼此扑倒在身上。他们如雕像一般僵在那里。双人雕塑、单人雕塑,但全是雕塑,有生命的雕塑。一些人面朝列车行驶方向,一些人背对行驶方向。每一尊雕塑都名叫不可遗忘。直到传来一个声音:歌德广场,3号线莫萨赫方向,注意安全。我们这才回归存在。单个的人。但是,众人的表情和姿势让刚才的一幕依然清晰可见。谁下车,谁就将它带走。刚刚上车的,则是一头雾水。3号线? 开往莫萨赫方向? 是的,当然。谢谢,别客气,千万别客气。客气就见外了,我们渴望亲如一家。

亲爱的西娜,关于这个由渴望引起的事件就谈这么多。

您的体验者

同上者

* * *

2014 年 9 月 1 日,星期一

亲爱的特奥·沙特:

我有一种感觉:为了与您相遇,我需要签证。

世界可不只一个。今天在我的世界里发现一个事实,即所有人都在有关减薪三分之一的劳动合同上签了字。我们的信息技术管理员提醒我还缺我的签字。我回答说我不会签字,他哈哈大笑,说:这适合你。就是说,我其实已被扫地出门。

现在说说您的事情。不管您信不信:我很喜欢您为地铁 3 号线的渴望事件勾勒的素描。我把您写的一切都当成一种询问来阅读和理解,但却说不出哪怕一丁点的理由。您问我们是否应该建立互信。我同意,我回答"是的"。您大踏步地走进我的心灵深处。通过什么?凭借什么?我不知道。这肯定是因为心跳频率。在我迄今为止的生活中,最重要的、最屡试不爽的、最必然而然的、最不可或缺的就是猜疑。猜疑的最高级形式就是我的生活方式。夜以继日!得我信任者,得我心。我每一次都为此受到惩罚。我不可救药。每一次我都心软,把每一句指涉我的话都当成一种前所未有的互信提议。而我从既往的统计就知道这将成为一次新的打击。

现在再说您!我相信能够感觉出您为人平和、坦率、对人真挚、对一切都充满善意。我的痛苦统计学告诉我,我将重蹈覆辙。原因在我自己,毫无疑问。我一般不会马上背诵这话,就像在您跟前一样。您也不会按照俗套给我献殷勤。从某种意义上讲,您是一个高雅的撩妹能手。相比传统的甜言蜜语者,我更情愿、也更容易栽在这种人手里。我什么性格,您知道就是!您在我这里多么轻易得手!但是您要小心,我虽然不可救药,但已练就出挫败一切的本领。我不再相信"是",我亲切地抚摸"不"。

我的话说多了,超出了您想知道和您应该知道的范围。

您的西娜·巴尔德奥夫

又及：我也充满渴望。我的渴望对象一定是"美翻了"——这是奥利弗·舒姆的妙龄女儿的口头禅。有时她带着几个闺蜜飘然而至，然后待上几分钟，给父亲来一通花言巧语，以便父亲赞助她买一堆新衣服。但是经验告诉我，我的渴望对象不存在。再次证实。我的渴望对象缺席。

D'accord.[1]

西娜

＊ ＊ ＊

2014 年 9 月 5 日，星期五，17 点 09 分

亲爱的西娜：

欲所不欲，这是我的状态。那就继续：缠人，但不死缠。您给我划定了一个界限分明的活动空间。您制作了唯一可能的舞蹈记谱法。尽管如此，我相信您会用高度发达的挫败能力来对付我。我们的命运决定我要直面现实，做任何动作都不能假装感觉不到自己戴着镣铐跳舞。我们的命运等于您的命运加上我的命运。我要奋力反抗。我假装自己没戴镣铐，只想缠人。所以我对自己说：保持理性，先看看戴着镣铐能够做什么。旋即又察觉自己不能有如此感受，不能如此存在。我想要一切，尽管我知道，这个一切不存在，也

---

① 法语：同意。

不可以存在。一切,这是远方的一丝情感冲动,或者说途易旅行社①
唤起的远方之梦。通过追求,你了解一切可能的事物,即便你不接
受它。你我都可以欺骗可能的事物,我们没这么做,我不想这么做。
我屡教不改。随后的故事就是:您信任我,我值得您信任,随后没有
发生任何以信任为前提的事情。我是一个虚假包装。我写的刺耳
句子只是造势而已。我,废物一个,却把自己装扮得高度危险。我
可以说我如何爱您,因为这话不会造成任何结果。尽管如此,相信
我所有的誓言! 如果誓言没有带来任何可消费的东西,誓言是否就
要打折扣? 现实就是使人痛苦的一切,就是赤裸裸的真实,就是无
法通过的考试,世界就是不可以发生的一切②。

你的不现实者

＊ ＊ ＊

2014 年 9 月 9 日,星期二,22 点

亲爱的特奥:

竟然有这样的名字! 以后见什么事情都不奇怪了!

你拐弯抹角,我直截了当回答你:没错! 现在可以这样,现在应
该这样,现在能够这样,现在必须这样。

我的母亲阿伽特(没有比这更简短的介绍)年纪轻轻就发现自

---

① 途易旅行社(TUI):德国最大的长途旅行社。
② 参见维特根斯坦的《逻辑哲学论》的开篇:"世界就是所发生的一切。"

己对法国的一切充满爱和亲切感。她如愿以偿,进入歌德学院巴黎
分院做秘书。巴黎歌德学院位于耶拿路。阿伽特来自耶拿!别理
睬这种低级玩笑。她在巴黎歌德学院显然很幸福,很受器重。在巴
黎工作一年后,她报了慕尼黑大学的远程课程,想学几个学期之后
获得教授对外德语的资格。她学了一年,通过了多门考试并取得高
分。后来有一天,三个阿尔及利亚学生邀请她去跳舞。他们是卡里
姆、萨布里、蒙塞夫。之后她怀孕了,萨布里干的。她无法参加笔
试。原本也想成为其情人的卡里姆向她承认,他们仨打过赌。赌阿
伽特选择谁。卡里姆和蒙塞夫输了,乖乖付钱。萨布里收钱。她让
自己调回慕尼黑,她蔑视萨布里。我的身世她断断续续、不情不愿
地讲给我听。一开始她只说:是巴黎的一个外国人,后来又向我灌
输一些观念,说我没有父亲,说外国男人都可耻,特别是北非国家
的,阿尔及利亚男人最可耻。她很早就向我灌输这些东西,而且坚
持不懈。我可以说:我母亲在我面前发泄她对萨布里的蔑视。她不
再理他,同时声称对他的事情一无所知。我受到母亲的影响。这导
致我无法培养对人的信任,但是有对信任的需要。

今天的断片故事就讲到这里,你自由了。

在持续飘浮中

西娜

又及:他们去巴黎的一家舞厅跳探戈。因为歌德学院的女秘书
经常去那里。三人中间萨布里跳得最好。这些事情是女儿从一贯
敌视回忆的母亲嘴里一点一点地问出来的;譬如,萨布里是这三个

里面最英俊的;譬如,别的男人穿过的舞鞋他都拒绝穿,因为这可是同性恋穿过的;譬如,她后来单独跟他见过面,他天天都在等法国国籍。他这么英俊,舞跳得这么好,说起那个柏柏尔人聚居的村庄他有讲不完的故事。他也从不丢弃面包,不管这面包多硬,他是她可以严肃考虑的对象。正因如此,听说自己只是三个男人打赌的对象之后,她错愕不止。她甚至把一张字条保存起来,我二十岁的时候她给我看过。她说她以此维持对萨布里的蔑视之情。上面写的是:Merci pour cette super soirée!!! À bientot. Je t'embrasse fort![①]

我恍然大悟,蔑视不是她对这个萨布里的唯一情感。但是她教我永远别信任外国男人。堕胎不是她的选项。每当学校里有人因为我长得不像德国人而逗我的时候,我就明白这话的意思了。我明白的事情比那帮在我身后喊"巫婆"的小孩儿多得多。我做了一些研究,研究对象是萨布里、歌德学院还有他的材料,里面还提到一个阿尔及利亚村庄。我一直计划开车去一趟,但在迄今为止的生活中还没有找到机会。即便找到机会我也不会向母亲透露。命运使她产生了不折不扣的排外思想。很遗憾。我越来越清楚地意识到自己是一个不该出生的人。这一认识也得到各种经验的验证。我没有学会摆脱困境,但我一直做尝试。现在我生活在开放的关系中。你知道就是,亲爱的参与者! 其实不必叫你参与者,应该叫你全面参与者。你有一点强取豪夺的气质,这个我不喜欢。但是我们的共性——也许就是不可预期者的魅力,它是我们

---

① 法语:谢谢你给我这个美好的夜晚!!! 再见。紧紧地拥抱你!

生活的组成部分。

　　也许！

* * *

2014 年 9 月 10 日,星期三,8 点 52 分

亲爱的西娜:

　　不论你想告诉我什么,我眼里只有一条信息:你生活在开放的关系中,我对此一无所知。我不可以超出一无所知的一无所知。你想想看:我和你毫不相干,我和你永远只能是毫不相干,尽管如此,我不知道应该如何承受一个事实:你生活在一个开放的关系中。我想知道一切我无法承受的事情。如果承受自己不知道的事情,那就更糟糕。

　　　　　　　　　　　　　　　　　　　　　　无知者

* * *

2014 年 9 月 13 日,星期六,13 点 34 分

亲爱的特奥:

　　无就以这种方式生出有。有创造精神,祝贺你。

　　我今晚请来了昔日的同事。对于她们签字同意少挣三分之一这个事情,我表示理解。我必须让她们知道。我请关系最近的三个同事——特莎、雷吉娜、芭芭拉——22 号去啤酒园的特蕾莎广场,来个告别聚会。雷吉娜签了字,是因为儿子已报名参加滑雪比赛。报

名费七百欧。今晚我将对我们的信息管理员说,你住嘴吧。真是到
了 11 月 1 日就好了!我的得救之日。22 号前我可能杳无音讯。这
种间歇只有活人中间才有。别想无意义的事情。船长,留在指挥
台!哪怕船体已经严重倾斜。这对我很重要,否则我会滑倒,跌入
水中。尽管这对我也很重要,我还是一再把它写下来。

越来越依赖不可言说者

当事人

* * *

亲爱的作家先生:

我受到命运的照顾。我觉得自己不知天高地厚。

伊莉丝所展示的,只是看似截然不同。她不想再叫伊莉丝。从
9 月 5 日至 19 日,她每天给我写一封信或者一张纸条,而且总是亲
自把邮件投入梅尔希奥大街的信箱里。她说她感觉自己被毁灭了。
她的署名是:"你从前的伊……再让我写这名字真是难上加难。这
个名字已经毁了,我不再需要名字。"每次落款都写:被遗弃的女人。

作家先生,有个事情伊莉丝不相信,我在信里也跟西娜·巴尔
德奥夫也讲不清楚,但是您要相信我:伊莉丝越是一清二楚地、铁石
心肠地、咬牙切齿地、一本正经地、无可反悔地宣布我们已形同陌
路,我就越是清楚地感觉到自己没有和她分手。

特奥·沙特

* * *

慕尼黑,*2014 年 9 月 20 日*

亲爱的伊莉丝:

你和西娜的差别在于,得不到西娜的理解我不会那么难过。尽管如此,我不试图让你理解我。我必须自食其果。但我感觉自己不可能与你分离。永远不可能。

还想得起我们先去诗社后去王宫饭店那个晚上吗? 后来只有参议说的话让我心潮起伏。他从历史角度对无爱的福音所做的阐释让我思索良久。他引述了一句威廉·格林的话,为的是把在语言的外部和内部所发生的事情理解为自然过程,这样就无法对诗人进行任何指责。个人责任之类的早就过时了。诗人是时代的喉舌。我说这个,只是因为诗人所为或者诗人所不为都是历史的产物,他无法改变其存在和此在。他是语言的自然过程,在这一过程中他充当仆人或者喉舌。亲爱的伊莉丝,你最后告诉我,卡洛斯·克罗尔是坏人。我无法赞同你的说法。他在做水到渠成的事情,这是他的职责。他背叛我这个事情,可以解释为他受历史委托向我证明我可以让人背叛。我们曾经很要好——但一切优雅的人性都一钱不值,这是自然进程的旨意。所以我或者我们只是客体,我们已清楚地表明价值不复存在。现在我明白其中的道理了。我可以蔑视克罗尔,因为他自愿充当工具,把他的流氓行径变成了一桩具有深刻历史必然性的行为。为此我可以蔑视他,但是我不能责备他。我感谢参议让我们开了窍。我希望你,女神伊莉丝,也能换个角度看待我们的废墟。我们是摆放在历史祭坛上的祭品。为了看清一些人的真实嘴脸,这种事情必须时不时地来一次。

我们的废墟具有如此意义,可不是一件坏事。让我们为此碰一杯吧。干杯,女神伊莉丝。

> 一如既往地与你休戚与共
>
> 你的特奥

也许这是两难境地。直到 9 月之前,他还从未有过进退两难的体验。两难,就是彻底无法动弹。他不得不给伊莉丝写下面这句话,但又不能让西娜知道:我无法忍受与你分离的感觉,永远不可能。这个不能让西娜知道,这是他的两难,他用大动作展示给自己看。

他第一回给伊莉丝写了一封不可寄出的信。

> 慕尼黑,2014 年 9 月 21 日

亲爱的伊莉丝:

可以理解的事情就不是非常糟糕的事情。如果能够把一切都给你写清楚或者讲清楚,事情不会那么残酷。你刚刚给我写了一个句子:孤独如我,除了石头,没有第二个人。就是说,我应该变成一块石头。我想试试。

试了也无用。

我没有希望。只有这个差不多是真的。

如果你最终明白我已饱经沧桑——那又怎样?

我在苟延残喘状态下做的全是虚假动作,我不能让你参与进来。我还能想出的一切,都是借口。女神伊莉丝!你过去是女神伊莉丝,现在是女神伊莉丝,将来还是女神伊莉丝!你高高在上,俯视一个即将出局的可怜人。他的名字叫特奥。

再见。

他放弃了。有一个人理解你意味着另外一个人不理解你。如果我们生活在一个只能让一个人理解你的世界,这个世界就是不应发生的一切。

慕尼黑,2014 年 9 月 21 日

亲爱的特奥:

因为世上不再有我,我也不再需要名字。所以,别再给我冠以什么名字。

无名的女人

十四

　　昨天她和特莎、雷吉娜、芭芭拉在特蕾莎广场聚会。他取得一大收获，因为他们现在通过手机短信互道晚安和早安。他又在等她的手机问候。23 点 41 分，她来了短信：GN①。由于某种原因无法写两个单词或者一个完整的句子的时候，她就采用这一·缩写符号。但这亦可表达另外一层意思：我睡觉了，别再打扰。第二天上午又是那两个字母。不同寻常。他后来获悉，直到凌晨 3 点她都还在一家酒吧。这下他当然想知道更多的事情。22 点 10 分，她的电邮到了：

　　没有那么晚，也许是 10 点半。但四面八方都见不到出租车，一时半会是打不着车的。膀胱发胀。怎么办？走一段路，还是先找厕所？前行还是欲行又止？犹豫不决。左边一扇窗户里有暖光，红色、蓝色、金色。一个酒吧，还从未见过。一家旅馆，还从未见过。

---

① 德语的"晚安"（Gute Nacht）的缩写。

这灯光有一种奇妙的吸引力,决心已定。先上厕所。别跑。一杯红酒,等更好的机会。

人很多,但没到人挤人的程度,还能坐在吧台交流。坐在高脚吧凳的一位男士让出地方,便于我坐在那儿对话。谢谢。要高脚凳吗?不用,谢谢,真友好。彼此客套两句,干杯,攀谈起来。瑞士口音。每年啤酒节都来待上五天,和朋友一道,住这家宾馆。平时80欧一晚,现在是200欧。对于瑞士人,即便这个季节来也很便宜。哪怕诸事不顺。他们只有五个人,有的已经连续来了三十年。他刚刚继承了父亲的遗产,父亲是参加慕尼黑啤酒节专项旅游的先行者之一,现在死了。朋友们也在这里?走丢了,也没有兴趣跟他们去逛夜店。要了一杯白酒,忘了什么酒。来一口?尝了尝。很柔和。是的。干杯。叫我乌尔斯。

现在别客气,请坐。好吧,谢谢。酒吧里人满为患,身后和周围都是人挤人。我有社交恐惧症。他似乎察觉到了。把人推开,留出间隔。谢谢。再来一杯红酒?好。刚才喝的是什么?忘了。问酒吧老板,要了一瓶。先丢驾照,后丢工作。为什么没有驾照就丢工作?在瑞士,摩托车油漆工没有驾照就会丢工作。怎么丢的驾照?超速。他们管得太严,吊销一年。现在呢?

人越来越多,越来越年轻,脑子越来越晕乎。女人是不能问年龄的。问了又怎样?女人是不能问年龄的。最好什么都别问。哦,有道理。他什么年龄呢?45岁。我比他年长。他以为我38岁。谢谢。不对,53岁。不像。谢谢。醉眼迷离。男女授受不亲,身体别凑近,提问要斯斯文文,就事论事,适可而止。不行。为什么不行?

不可想象？干杯。醉眼迷离。社交恐惧症照顾方案。舒舒服服。静静地享受。自得其乐。醉眼迷离，对话有一搭没一搭。该走了，我没注意到，仿佛不用做决定，不用理会时间。想走吗？是的。叫出租。扯了一张波尔多红色系列的餐巾纸，叠成一个瓶塞，塞入瓶颈。我穿上夹克。出租到了。朝外走。告别。打开后门。把半瓶酒塞我手里。我上车便睡。车停之后醒来。掏出钱包。司机挥挥手。

然后是你一则短信我一则短信，其实他很想避免这么做，但又无可奈何。

他说她在 22 日 23 点 41 分发送了"晚安"。这是上床睡觉的信号。她这么做，是为了让他放心？

没错，是这个意思。

就是说，她欺骗了他。就是说，这种几乎不存在的关系是如此的平常，以致很快需要把对方欺骗一下。

是的，但是当她拒绝司空见惯的事情的时候，那人追问了一句：不可想象？！说罢他就放弃了。

好吧，好吧，他现在的确没有丝毫权力对其酒吧行为进行责备。但如果他和她已经有了点什么，他还是想把她的酒吧经历作为一次出轨行为记录下来。不是每次出轨都必须达到某种程度。她很可能不是因为他而拒绝瑞士人，而是因为开放的关系。

那个处于开放的关系中的男人对她的观察不如他仔细。他很自信，他无法想象一个和他有某种关系的女人还会去想其他的人和其他的事。

这就是令人痛苦的短信内容。

他做了一连串的梦。他不断尝试,想把他的梦拯救到白天,同时不对其美好而缺乏理性的内容造成损害。梦越是不可理喻就越好。或者:如果想在白天研究这些梦,它们越看似不可理喻就越好。

他连续六个晚上做梦,做一种连载梦,这是一件新鲜事,对他是新鲜事。他不得不写下来。他很好奇,想看看写出来什么样。首先:看看写下来的是否还是他认为自己所梦见的。

9月23至24日夜里,第一个梦:

她,一个女人,随便一个女人,但又是一个偏瘦的女人,在辽阔的远方。地面像是踩得结结实实的沙地。他很惊讶,她的细高跟儿没有插到地里拔不出来。这是典型的梦。人在远方,细高跟儿却是一清二楚。还有她的眼睛。她的脸是最普通的女人的脸。女人而已,随便一个女人。但是那双眼睛!就像是装上去的!好像不属于这张脸。黑色眼珠,而且太大。他朝女人走去。他迈着坚定的大步走过去,她抬起双臂,或者准确地讲:她的双臂在身体的两侧自动上升,而且不停地上升,直到垂直指向上方。但她举起双臂的时候,大自然中万物也在茁壮成长。包括花、草、芦苇以及灌木丛,甚至还有一棵树。与此同时,他走得越近,女人变得越小。他走过去,对面只剩下那棵树。最后,由于她变得越来越小,他开始冲刺。冲到跟前,他拥抱她。是那棵树。他看到一个后脑勺。这一定是他的后脑勺。

一只手在抚摸这个后脑勺。他伸手去抓，随后他就靠着房屋的外墙站着。女人站在一旁，几乎够不着。她朝他看。他想说：你的眼睛。但话没出口他就伸手去抓。这时他发现：她是一幅画。画在了墙上。这墙上也画着植物。画上的女人是裸体，偏瘦削身材。他试图跟她握手，她说了一句法语。他不能承认自己听不懂。从中学起他的法语就一直很糟糕。她现在作为悬挂滑翔运动员从天而降，降落在市中心，就在他跟前。他伸手抓她。她闪开了，背对吧台坐在一个带靠背的高脚凳上，嘴里唱着一支歌，结尾是 La media luz de amor①，然后坐在一个男人的腿上。这个男人也坐在一个高脚凳上。她的身子随着歌声前后左右摇荡，摇摇欲坠，但是那个男人用有力的双手抱着她。那是一个瑞士人。奇怪，他竟然看得如此真切。她发疯一样歌唱，La media luz de amor。她唱得不仅疯狂，而且如饥似渴，渴望探戈。他必须过去。七个侍者突然挡住他的去路，每个人都举着一张海报，上面写着：GN，23 点 41 分，GN。不用说，这意思是：晚安！他倒在地上，双肘都已出血。她越是唱得如饥似渴，他的血就越是汩汩流淌。如果没人管他，他会失血过多。随后她站到他身边，低头看他，不再唱歌。如果有黑眼睛，她就是黑眼睛。她露出牙齿。他感觉到自己在融化。他再次伸手抓她。她转眼又坐在瑞士人的腿上，还搂着他，他的头偎依在她身上。她其实和他融为一体。他融化了，或者说醒来了。

---

① 西班牙语：爱的微光。

La media luz de amor. 他还记得歌名。但记不起曲调了。

9月24至25日夜里,第二个梦。

她在奔跑,他跟在后面,看着就像是在躲避他的追赶。他很清楚不是这么回事。她根本就没看见他。她一只手拿着一个纸板,上面写的什么他看不清楚。他永远不可能离她那么近,因为她在奔跑,她拿着纸板的双手也在摆动。

他必须搞清楚纸板上写的什么。她在一家宾馆的停车场找一辆车。找到了。她把两张纸板夹在雨刷器下面,然后赶紧跑开。她不想被人逮住。他必须跟过去,看不清纸板上写的什么,但这是一辆来自瑞士的汽车,这个他看清楚了。

有两位绅士等着她,然后把她带走。他跟在后面。幸好这里没人检查。联邦议会。她和女总理并排。她搂着女总理。动作和在酒吧里一样。女总理搂着她。动作和酒吧里的瑞士人一样。

人们要他讲话。他被带上讲坛。联邦议会的讲坛。

所有的扩音器都在怒吼:叫什么名字。

他:我不知道。

扩音器:你撒谎。

他:没错。

扩音器:说真话。

他:我不知道什么是真话。

扩音器:你又在撒谎。

他:我知道。

　　女总理不顾体面,模仿起这哑剧,他大为失望。他本以为女总理有更重要的事情要做,不会去复制那令人难堪的酒吧色情场景。好吧,这个瑞士人是一个赢家,从外表判断。而且双手很有劲儿。他跟她窃窃私语,说自己在西伯利亚的一个金矿持有百分之五十三的股份,金矿储量为 119,150 公斤。这约等于五十亿美元。这可能没错。尽管如此,我们可以表示诧异:在一个输家多于赢家的社会里,赢家四处受人追捧。每个人都想做赢家。他也曾是赢家。输家崇拜赢家,但是不能在赢家打败自己的地方。所以,作为人生输家的小会计可以崇拜篮球场上的赢家。

　　他知道有什么事情不对劲儿,但不知道具体是什么事情。他摇摇头,而且是父亲那种独一无二的摇头方式。不是快速地左右摇晃,而是慢镜头动作。由此表达一种无与伦比的否定力量。父亲又在慢慢摇头。这不是针对个别事情,而是针对他,这个永远不争气的儿子。这个儿子被否定了。联邦议会鼓掌。尽管只剩下女总理和那个女人,大厅里依然掌声雷动!

　　现在有一个人出场,仿佛掌声为他准备:卡洛斯·克罗尔。他神气活现,走到讲台,他把手一挥:女总理放开了那个女人,他的手再一挥:女总理消失了。卡洛斯·克罗尔对着麦克风说:Shrewdness of ruins is boulevard①! 话音刚落,又是掌声雷动! 这话有意义吗? 也许令人费解。在联邦议会飙英语! 典型的卡洛斯·克罗尔。那个女人对克罗尔说:我的灵魂被打得青一块紫一块。克

---

① 英语:废墟的机灵是林荫大道。

罗尔把手背递给她,她吻了上去。

他受不了!他冲过去,扑倒在地。又一股暴风雪迎面而来。面对暴风雪不可能呼吸。也没有必要呼吸。卡洛斯·克罗尔指挥扩音器合唱。从四面八方都传来怒吼:

你这个本质的侏儒

你这个虚无守护者

你这个命运杂耍演员

你这个耍小斧头的

你这个灾难安抚者

你这只导盲犬

你这个低等人

他醒了。气喘吁吁。他不知道自己躺在哪里。缩成一团。一片漆黑。没有暖气。但是他没有直接感到痛楚。显然他还活着。

9月25至26日夜里,第三个梦。

他听见自己在讲话。他仔细听。在黑暗中。他对着黑暗说,他听见自己对着黑暗说:有个事情摆在那里,人为的,不是别人干的,但不是自己不是本人干的,你必须理解它,然后就占有它,只是毫无用处,你无法召唤它,它不是它,但却是一桩你了解自己的行为,我蹦蹦跳跳,只是我踩不到地。他必须为此负责,一种难得的惬意感。

您的虚弱是一种耻辱。这是她的嗓音,即便混在成百上千的嗓音中间,他也听得出来。她站在他床前,说:您的虚弱是一种耻辱。为提升身体的免疫力,我给您打一针蜥蜴的血。

他知道,她的白大褂底下没穿什么,所以他不得不伸手去摸她。这时她被瑞士医生一把扯过去。他和她消失在一个柜子里。柜子晃动起来。里面在发生一场性事。高潮来临时,柜子朝他砸下来。

他醒了,摸了摸额头上感觉疼痛的地方。血。很明显,刚才他为了避免被倒下的柜子砸死,想侧身躲闪,结果他的额头碰上了床头柜的棱角。

9 月 26 至 27 日夜里,第四个梦。

他们在攀岩。在很高的地方。只有裸石。她在他前面。他想撵上她。他们虽然配备了在这种高度进行攀岩所必需的一切,可他们穿的什么衣服!她身着小小的比基尼,他穿一条大花内裤。他根本不能在她前面爬。否则她会看见他的内裤没有换。攀爬中他反正很难跟上她。她爬到前面去了,明摆的。她停了一次。往回看。只看得见她又黑又大的眼睛。还有她的牙齿。又露出来了。随后她接着爬。手里拿着一面小旗帜。瑞士国旗。原来是在瑞士攀岩。这时他也知道对面的山峰上站着谁。张开双臂迎接。现在他让自己向后跌落。效果很好。跌入无底深渊。而且感觉到自己如何被接住。然后躺在那里,头枕在将他轻轻接住的男人的怀里。卡洛斯·克罗尔。他悄声说道:圣母哀恸,我亲爱的,圣母哀恸!他不得不再次闭上眼睛。他期望自己是瞎子。他对着上方说话,声音小得听不见,为方便听者,他说的英语：Not excitable. Nevermore.①。然后发现他听不懂他说的什么。然后他听见自己说，他指的是那些冒汗的奶酪切片，边上都翘起来了，仿佛很痛苦。然后他听见卡洛斯·克罗尔说：我们看见了。早晨在宾馆的自助餐台上。然后与我们握手。事情发生在苏黎世。卡洛斯·克罗尔如是说。然后他说：我知道。在瑞士。在瑞士。在瑞士……随后被卡洛斯·克罗尔甩了一巴掌，好让他住嘴。

他醒来了。心乱如麻，他想摆脱这如麻的心。但他摆脱不了。

9月27日到28日夜里，第五个梦。

他朝各种办事机构跑，不断遭到训斥。训斥者是公务员。他们是瑞士的公务员。他申请瑞士国籍。人们问他入籍的原因。他必须编造原因。有一点他看得很清楚，女性公务员比男性更理解他。终于到了最后一关。他接受考试。他通过了所有考试。他踌躇满志。这时他接到通知，说是最后的关键考试是约德尔曲。不会约德尔曲不可能成为瑞士公民。约德尔曲是瑞士联邦的必备常识。考试在阿彭泽尔举行。在集市广场上。很明显，半个城市都赶来听他演唱。他被两个穿燕尾服的人带到广场中央，带到位于广场中央的舞台。他由此和考试委员会处于同样的高度。四位先生，也是身着燕尾头戴礼帽。他们中间是那个女人和那个瑞士人。四周的人全都鼓掌。站在窗子边鼓掌，站在阳台上鼓掌。其中一位戴礼帽的先

---

① 英语：别激动。再别激动。

生以粗暴的口吻告诫观众，不要以任何方式表示赞成或者反对，因为这是一场命运攸关的考试，不是什么表演。考生有权要求众人安静。众人瞬间安静下来。鸦雀无声。男子说：Merci①。一个戴礼帽的先生喊道：考试开始！马上有一个行走不便的老头儿蹒跚着走上舞台。他带着一个手风琴。他开始演奏。人们暂时还不清楚如何配合他的琴声吼约德尔曲。但随后就看明白了。他本人开唱。霍拉-迪-欧-霍拉-迪-欧-霍拉-霍拉-迪-欧！最后一个音他拉得很高，从这个音开始跳起约德尔舞蹈，然后把这个音重新拉高，而且没完没了。再往上扯！失声了。刚才的调子起得太高。那就降低一点。但是他的嗓子哑了。如马儿嘶鸣，如伤员呻唤，如乌鸦聒噪，听着非常丑陋。他看见台上的男士们如何相互帮忙，把对方的耳朵堵上。他看见那个瑞士人帮那个女人把耳朵捂上。看见她把他的耳朵捂上。这动作慢慢变了味，变为相互体贴，以免谁受到他的约德尔曲的伤害。现在观众不听管教了。哨声一片。拉手风琴那位牵着他的手，带着他走出去。他一瘸一拐，这跟他的退场很相称。然后来了两个警察，用眼罩罩住了他的眼睛。进了监狱。眼罩拿开。扩音器传来一个声音，说他因为粗暴地违反现行法律而被送上法庭。说他玷污了瑞士联邦的母语。但是，在眼睛被蒙上眼罩之前，他发现总陪伴那个女人的瑞士人叫乌尔斯。知道这点他感觉很好，真奇怪。他根本不想要更多的东西。他搞这场申请国籍的闹剧，只是为了获悉这个瑞士人叫什么。乌尔斯。他的脖子上挂着一块牌子，上

---

① 法语：谢谢。

面写着他的名字。他离开了牢房。没人阻拦他。他在外面的停车场上看见这一对。现在他吼起了约德尔曲。现在他猛地拉高调门，声音随之变得尖利，随即雀跃着展开一连串美妙绝伦的延长，进而于戏耍喧哗之间，再度快节奏地冲向下一个欢快的跃起。那俩人侧耳倾听。他一步一步接近他们。边走边唱。他还唱出了歌词。我爱一个阿尔卑斯山的姑娘，蒂罗尔是她的故乡。如果我没有眼花，她身穿一件红色的马甲。他接着吼约德尔曲。直冲云霄。他乘着歌声的翅膀飞向天空。那个女人终于对他产生了兴趣。但在随后，当他几乎走到她身旁、当他向她伸出双手去的时候，她和乌尔斯融为一体，她是乌尔斯。

他醒了。如果能够回到梦中，他愿一掷千金。但是他的梦消失了。一去不复返。

9月28到29日的夜晚，第六个梦。

从高空坠落。他在非洲的一个贫穷的村庄柔软地着陆。站起来。看见那座宫殿，尸骨堆砌而成。有人骨有兽骨。墙壁全部用骷髅头砌成。她是女王。身穿制服的歌队吼道：女王，女王，接受我吧，求求你，直到我不复存在，永远不复存在。他知道自己不可以伸手抓她。他和她之间的距离也让人感觉近在咫尺。但是她朝这边看。她甚至想跟他说话。她想跟他谈论一切。前提是他别动。一点不能动。若有任何动作，她都以消失回应。有人抱着她。她坐在一只巨大的手臂上面。她让人抱着，还抽着烟，很享受。他离她从未像现在这样近。抽完这根烟,她将从抱着她的这只胳膊跳下来。她的确想到他这里来。前提是他别靠近,这是一场考试,他将通过这场考试。他感觉到了。她终于做好到他身边的准备。和他在一起的准备。这是一种幸福的场景。这是一种超凡脱俗的奖赏。她只需抽完这支烟,然后她就从巨人的手臂跳下。然后她就向他走来。他从未如此贴近幸福。她也从未如此美丽。她的眼睛不再像是安上去的。她的脸是她的脸。到哪儿他都能把她认出来。她现在甚至想把自己的名字告诉他。她开启嘴唇,他知道,现在终于能够获悉她的名字了。然后他们就合二为一。说出名字,然后她就属于他。她属于他。吸烟,没错,她在吸烟!但既然她在开启双唇,准备把名字告诉他,他就踏踏实实地观看她如何吸烟,如何一口一口地吸。她吸得不快。快速吸烟与她的形象不符。她很享受吸烟的过程。他和她一起享受。她如何开启嘴唇,把名字告诉他,最终委身于他,这一过程无法用时间衡量。既不匆忙也不急切,既谈不上耐心也谈不上不耐烦。这是永恒。纯粹的永恒。就是说,她的嘴唇开启。这是幸福时光的揭幕仪式。这时巨人用第二只手递来一个烟灰缸,她把那根无论怎么吸也不会变短的香烟摁灭。然后她说:谢谢你,乌尔斯!说着就头枕在巨人的脖子上。他感到一种钻心的痛苦,他支撑不住了。他在钻心的痛苦中魂飞魄散,但是他感觉得到了拯救。他倒下。重重地拍在地上。躺着。没有呼吸。但醒着。

他醒来了。他欣喜若狂,前所未有。噩梦被永远甩在身后。他还活着,现在他把生命当作享受。

过去他从未感觉需要在白天研究头天夜里做的梦。现在他发现自己每天都自行研究头天夜里的梦。他不理解人们为什么要对梦进行解析。他9月23日以来所做的梦是如此的一清二楚、浅显易懂,还需要解析?!

十五

紫菀终于又来了一条信息：

亲爱的弗兰茨：

如果你拿席勒做掩护，我今后就可以署名贝尔塔。上中学的时候我不得不带着厌恶去扮演那个女人；善良的、美丽的、乏味的贝尔塔·封·布鲁奈克。反正这是她给我的印象，我不想演她的角色。我宁愿做甘泪卿。但是我们的老师从来不让我们演《浮士德》。他让我们朗诵《浮士德》，他本人总是读甘泪卿选段。贝尔塔的服装！但我别无选择。作为正派人和自大者之间的斡旋者，贝尔塔站到民众一边，反对她那贵族特权阶层，还让她那位追求宫廷宠幸的崇拜者恢复了政治和社会理性。我宁愿做女性的弗兰茨，取名弗兰茨茜卡，我不想做一个捍卫自由的、一个毫不利己专门利人的女战士。世人没有说值得这样做，至少没有告诉我。

是啊，弗兰茨，我低估了你的处境，或者说低估了你的命运所产生的影响。我很遗憾。我诚心诚意地祝愿你回心转意。我不是医生,但我认为,如果你缓过劲儿来,你的愿望是可逆的。毫无疑问,你怎么也想不通一个人怎么可以做出这等坏事,而且还是你的亲密朋友。这种事情像你这样的人尤其难以承受。你有一种仿佛坚如磐石的信仰,你相信生活的美好,所以你的生活优哉游哉。有如此幸福的人生,心理却如此脆弱,对此我始终难以置信。你是七十出头的人,你的人生阅历截然不同,怎么会发现自己处在与我同样的状态?这似乎不可理喻,也不太可能。对于这类有关人性经验的报道,只能让我报以苦笑,只能痛苦地点点头,这种感觉太熟悉,太常见,而且见惯不惊。我看见自己身披铠甲、刀枪不入。这已得到智慧的验证。如果我由此产生一种具有欺骗性的美好感觉,那就是一种纯粹的保护措施。这些东西在生活中全都没用。但如果你有一个与我类似的生活体验构成基础,你就会找到答案,这些答案将使你远离痛苦。由此你可以看到自己实际上是多么贴近人生。我等拿早年得到的答案构建了完美的伪装,可以一边逃离人生,一边制造迷恋生命的表象。但生活不是发生在我能接触的层面,而是在另外一个层面。倘若有朝一日有人干扰我的生活,事情就糟了,我将茫然无措。

紫菀

我不得不马上回信:

亲爱的紫菀:

　　已经到十月份了,秋天。让人发现秋天已到却不好意思承认这一发现,这是你的本事。让人站在你旁边就感觉在对你进行模仿,这是你的本事。我对自身经验的描述比你对自身经验的描述更为细致。我说出了是什么东西将我毁灭。制约你的是一种不可名状的黑色势力,一种拒绝对话的破坏性力量。你别无他法,只能承受命运所决定的事情。一劳永逸。你甚至不可能因为一次人生体验而背离自己的使命,这也是一开始就决定的,因为否则你就不再是那个不可拯救的被决定者,你就会看见自己卷入一场唤起生机的实验。在你那单调乏味的不幸人生中,这样的实验注定要失败。

原谅我如此唐突。现在我发现自己的确属于轻量级。被打败、被解决的轻量级。但打败和解决我的,是无耻的人性。你不在这个世界。我想把你拉入这个世界,这里不仅讲命运,而且讲道理。

瞧瞧你怎么议论自己在中学时代扮演席勒的贝尔塔的事情。仅凭这点,世人就应找你秋后算账,像席勒对待贝尔塔那样对待你。但是,作为女性的弗兰茨,你不可以胡作非为,你必须接受冰雹般的论据的劝说,屈从所有现行的道德,请求将自己湮灭。湮灭!席勒笔下的弗兰茨最后提出了这一请求。顺便提一句,我在自己的生活中没有扮演弗兰茨·封·莫尔,我雄心勃勃,要做好人,做纯粹的好人,和卡尔一样,卡尔·封·莫尔——啊,卡尔……现在听到这个名字如同针扎。

再打一个折扣,以彻底摧毁跟我的可比性。有个医生说,分配给我的生命时间必须称为存活期。我绝对予以配合。这种事情在论坛上面屡见不鲜:带倾向的终止。或者自杀作为自我实现。

弗兰茨

紫菀回复：

我很遗憾，弗兰茨，
全是误会。但无所谓。
再见！

他很茫然，但很高兴她至少给"再见"二字加了感叹号。

十月初

亲爱的伊莉丝：

你昔日的丈夫进行自我放逐，现在他给他永远的妻子写一则情况汇报。向他最喜欢的人写信告别。亲爱的伊莉丝，代我向它问好。它曾经是世界能够存在的一切。它是它所产生的效果。那一小团黑色。一切可想象的弧形中的最美弧形。当我得到它的时候，世界就变得无足轻重。你超越了任何为你准备的称呼。尽管如此，我总想用所有涉及你的词汇来包围你、来挤压你。描述你的词汇，我不嫌高雅，也不嫌低俗。在你面前我永远是一个不懂感情的文盲。进入你的体内，是对我降临人世的补偿。对于我，你是标准的裸体。除了你，没有任何值得一提的裸体。其他一切裸体都是商品。你有无尽的美，在你裸露的任何部位。我，一个不复存在的男人，继续做

你的崇拜者。

然后是紫菀的一条消息。她又写东西了。掩饰不住的快乐：

亲爱的弗兰茨：

我试一试，把自己的情况讲给你听，我对你的答复再也无话可说，但也不想停留在我一开始的过激反应。其实我是想表达自己的同感，表示我低估了你的痛苦。此外，我想用不可逆转性这个流行词来启示我的感情和体验。我的对话方式本该这样，但全都失败了。你说得对，我不再寻求某种生活体验以纠正自己的看法。很遗憾。我一辈子都在寻找这种体验，把能够犯的错误都犯了，因为我不得要领。其间发生了许多事，我有了一些体验和经历。这些经历和体验自然都被我的天性或者说有色眼镜所控制和过滤，所以我能够到达这个地点。我对我们的世界不抱期望，更不期望这个世界像席勒对待贝尔塔那样对待我。这个世界也没有邀请我像贝尔塔那样全心投入。尽管我们相遇的平台是一个自杀论坛，你却千方百计让我活泼起来。这几乎显得很怪诞。你把越来越多的石头扔到你的受难马赛克里，我逐渐看出了究竟，看出有一种绝望把你冲刷至此，这种绝望以海啸的气势将你裹挟而来。我和你的经验不可同日而语，所以我不必与如此巨大的势力进行搏斗。我是一条遇难小船上的唯一幸存者，由于在茫茫大海漂泊已久，已是精疲力竭，放弃了求生意志。我巴不得把您的存活期诊断据为己有。带着爱心，带着快意！这不可能。我只能坚持锻炼，尽管我得了流感。反正我从不爱惜身体，从来都无视自己的虚弱状态，因为我暗中希望借助流感悄然离世。来个心力衰竭。

乐一乐。我跟你一样。

紫菀

他也马上回答：

亲爱的紫菀：

你的信发出绝望的光芒，看得我头晕目眩！每次读你的信我都在想：只要能写出这等文字，她就还有救。遇险小船上的唯一幸存者在茫茫的大海漂泊！看见你如此擅长表达，我迫不及待地要对你表示赞同，尽管读到你的每句话我都在回答：这不可能是真的！去找一个迟迟不肯兑现诺言的人，因为他无法满足你的条件。

所以你"衷心"祝愿我"回心转意"。再次将人逐出门外。我不是遇险小船上的唯一幸存者，我没有在茫茫大海中漂泊。自从我日日夜夜消费背叛以来，我一直被囚禁在一个黑暗的狭小空间。我几乎不再需要运动。背叛使我丧失尊严。几乎没有剩下任何可以称为生命的东西。我还在模仿生命的运动。我还知道人们如何模仿生命状态。我在任何时候都无法让模仿变为现实。我终于认识到自己是可以背叛的对象。背叛我的人心情很愉快。如果我因为这次背叛而死去，人们可以宣布如下死因：丧失尊严。我可以遭受背叛，这表明我和世界之间是一种错误的关系。现在我遭到洗劫。我必须——对不起——恢复雄风，采取行动。

再见

弗兰茨·封·M

＊ ＊ ＊

亲爱的紫菀,最后的避难所:

　　昨夜又梦见结束的瞬间。可怕的人影在黑暗中密密麻麻向我冲过来。亲爱的紫菀,一只大手从前方抓向你的脸。第二只大手捏住你的脖子使劲掐。但没有往死里掐,你只是呼吸困难。大手松开了,你倒在地上,身体缩成一团,你无可奈何,等着第一只大手来抓你的脸,等着第二只手来掐你的脖子,但不是往死里掐。紫菀,你担心恐怖再现,但你却无能为力。

　　紫菀,如果有人因为更年轻就必须活得更长久,我不会表示羡慕。

弗兰茨・封・M

紫菀马上回答:

欢迎来到俱乐部!

紫菀

又是西娜的来信! 上次是什么时候?

星期一,2014 年 12 月 8 日 12 点 58 分

亲爱的特奥:

　　我从周四起就在罗马,这里的探戈舞场让我一败涂地。今天下午是最后一场舞,舒舒服服跳了好几轮,算是得到小小的补偿。来自波恩的赫尔佳,经验丰富,舞技高超,她悄声对我说,这场活动我恐怕没有什么好抱怨的,场上最优秀的男舞伴请我跳了两次,她从未见过一个女人被他邀请两次。是的,没错,跟他跳的两支曲子适合飞翔。哈!他是来自那不勒斯的临终关怀医师!尽管如此,这个周末五分之四的时间都充满无聊和痛苦。我的脚上起了茧子,不是因为跳舞,而是因为天天上午冒雨穿行于罗马的大街小巷。我租的公寓位置不错,适合这类暴走。我的合租男房客如果没出门就多半还在酣睡。他跳累了,需要恢复体力。

我的剩余假期仿佛用不完,现在我就把它用上,也许还能体验命运留给我的剩余人生:我飞往阿尔及尔。这里有人建议我去参加阿尔及尔的地下米隆加。我从未忘记欧雷斯山脉里面有个柏柏尔人居住的村庄:米纳。

你别等待。

西娜

又及:我的信让你久等了,现在又只有寥寥几句。请原谅我的状态。

亲爱的作家先生:

我很羡慕您!在您指定的纸上,您塑造的人物形象一直很规矩老实。我却成功了,让真实的人只出现在笔头底下。但我陷入了困境,这是不争的事实。为此我请您给我一个特殊忠告。现在谈谈我为什么所困：我过去一直回避是否存在偶然这一问题。现在这个问题的答案成为决定一切的事情。我的处境是这样的：当他(您知道，我喜欢把他称作"他"而非"我")打定主意放弃这所谓的生命的时候，有一个女人吸引了他的注意力，现在他却获悉这个女人恰好跟背叛他、推翻他的男人生活在一起。他恰好又在报上读到您的一句话。您显然更乐意成为采访对象而非阅读对象。您说过，世上无偶然。您说，我们所说的偶然，都是尚未洞悉的必然。

他把这一认识用于自身：这个女人和背叛他的人生活在一起，这不是偶然。他发现这一秘密，看似偶然，但其实是一个尚未洞悉的必然。就是说，他迟早会认识到这事不可避免。他必须有所准备。他必须承受。

是的，作家先生。明白了。他表示感谢。再次感谢。

您的知音。

他突然想起一件事情：他给您——作家先生——的信都是手写的。没错，凡是推给第三人称的一切，他全都手写。使用第三人称则是您诱惑的结果。现在他仿佛想把这作为治疗手段固定下来。他夜里惊醒，因为梦见左手抓挠右手，挠得鲜血淋漓。他其实是左撇子。一个没有完成从左向右的书写训练的左撇子。每当他不得不伸出右手与人握手的时候，他都感觉自己处于劣势。总是使用右手的人出手和他截然不同。每次握手他的右手都被一只更强壮的手握住，无力抵抗。现在他(自然)希望这种竞争关系最终被遗忘。希望如此！

十二月

亲爱的伊莉丝：

没有人像你这样一切顺其自然。你沉默，不是为了达到这个或者那个目的，你沉默，是因为你只能沉默。你的沉默没有这种或者那种意思。你不想通过沉默传达任何信息。你的沉默毁了我。你并不想这么做。没有人像你这样一切顺其自然。

爱情。谁晚上陪伴你坐在餐桌边，谁就爱你。别的全是空话。晚上我没有在餐桌边陪伴你。尽管如此，我要说：爱。所以，这是空话。

这不会长此以往。这是在茫茫荒原的上空画出的一道美丽的彩虹。

亲爱的伊莉丝，这封信我没法寄出去。废话。如果你给我寄一封无法寄出的信，我也给你寄一封无法寄出的信。我会把没有寄出的信全部攒起来，以便我走之后你还可以阅读。也许会察觉出一丝共性。

现在没有谁比你离我更近。

问候

特奥

在基督降临节的第三个周日，又看见紫菀的文字。但不是写给特奥的，而是一条新帖，题为《墓穴》。

大家好，亲爱的……唉，我该怎么称呼你们？不在场者？我有几十年的从业经验,但这种事情对我也非常新鲜。尽管做了精心准备,在下面讲话中我依然可能出现磕巴乃至语塞。遇上这种情况,请各位务必包涵。今天无人在场,也无人对我进行评判,但我希望自己不负众望,完成工作,同时希望你们——我的委托人——称心如意。我的职业伦理要求我这么做。

那好,亲爱的、不在场的委托人,我面对墓穴,就一座墓穴,我肩负使命(应该说光荣使命?),要向墓中人致悼词!你们注意到我踏上了新大陆:平时我总是坚信不疑,相信逝者总会在这个世界留下点什么,因为逝者曾参与对世界的塑造,并且通过自己的存在让世界变得更加丰富。可以理解,为了今天的活动,我进行了长久的思考。我要考虑说什么,要考虑从哪里说起。墓中人一开始就是一个特殊现象,人们想用沉默的大衣将其掩盖。我的委托人逐年增多,也可以证明这点。但从一开始到上周四——她离开人世的日子,人们一直欲盖弥彰。几乎令人难以置信。简言之,我决定在此说真话。我相信这是众人的想法,我知道,这也符合墓中人的心意。

今天我缘何要硬往扎人的小檗丛里闯?为避免误会,我首先申明我是一个有信仰的人,我的信仰至少和那个值得尊敬的、勇敢地担起自身命运的女人一样坚定。她对墓中人也有救命之恩。天底下哪有这样的中间物、混合物、杂种?亲爱的不在场者,你们对许多事情都听之任之,有时自愿,有时迫不得已。在过去这些年里,在墓中人变成墓穴内容之前,你们有一段时间站在她的一边,后来逐渐倒向我这一边。这证明你们在内心深处形成共识。你们为了表明共同的信仰而团结一致,与墓中人不同,你们清楚地表明了你们的立场。她和我们至少不是一路人,这是你们和我甚至包括她的共识。她无从理解我们所热爱、所珍惜的事物,她甚至没有任何的感觉。这点我可以通过几次谈话的尝试来证明。我没有超越我自己,大家都知道这不是我的风格。你们曾长期容忍墓中人,而且还允许她进入生活。这一无懈可击的纯洁行动造成了一些后果。由于现在情况特殊,我原谅你们。我希望你们从这个角度来理解我的话。

请大家回忆我们不畏艰难、双手皲裂出血的年代。当初,我们经历了巨大的灾难,想凭借正直和勤奋创造新的生活。谈何容易。不言而喻,我们是为自己播撒的种子。临近收获季节,他们却来了,而且成群结队、沸反盈天。我可以把他们称作异教徒。**他们的人数多如海沙,那一千年完了,撒旦必从监狱里被释放。出来要迷惑上四方的列国。**① 他们走到哪里,就在哪里留下肮脏和污秽,饮酒狂欢,通宵达旦。所以,免了吧。我从不喜欢这种事情。这是事实,对吧?墓中人是一纸证书,是一则证明,甚至构成引渡条件!天哪!我的天!理由太充足了。但是,算了吧。随后就有了后来的事情,墓中人就来到我们中间。什么可以忍受,什么不可以忍受,这个问题大家没想过。所以现在只剩下——怎么说呢——这一堆肉,一堆黑乎乎的肉,还有墓中人。我不吐不快。**你们这被诅咒的人,离开我,进入那为魔鬼和他的使者所预备的永火里去!**② 诚实不是错!如果受不了,可以把话说出来。

---

① 参见:《圣经·新约·启示录》,20:7—20:8,和合本译文。
② 参见:《圣经·新约·马太福音》,25:41,和合本译文。

　　墓中人天生丽质，招摇撞骗，这是福气还是耻辱？这个问题也许见仁见智。匆匆一瞥，她很好看。可以理解，她容易让人眼花缭乱。我凭借自己的第七感官，察觉到在她美丽的外表底下掩藏着邪恶。为了迷惑我，为了让我头脑发热，她什么话不对我讲？我无动于衷，忠于自己的原则，而且给她讲得一清二楚。所以，过了很久，她才察觉出其生存所付出的代价；是你们，亲爱的不在场者，告诉我，她浪费了几十年的光阴，忽略了一波又一波的信号。事情一拖再拖，早已拖过我预期的时间。所以，今天，在这个阴雨连绵的星期三，我才不顾体面，朝这荆棘丛里钻，因为我对工作一丝不苟。言必信，行必果。我拿了报酬，这个我不想隐瞒。钱不少，这不用说。我的付出得到了慷慨回报，我很高兴有机会表达自己的感激之情。现在我摆脱了这一思想负担，我要好好庆祝，尽管我是只身一人。我在这里独闯荆棘丛，也完全是墓中人的意思。若是按照她的意思，这事甚至不需要我来做。当初我前去拜访，以便中规中矩地准备这个多次委托给我的任务时，她想立刻解除我的职位。我不能听之任之。否则太滑稽了。哈！在那以前我只是从第三者口中听说墓中人的事情。我绝对理解她。因为这一说法也表明，墓穴女人反抗我们的习俗，由此触碰人的伤口，甚至在里面捅。**若有人名字没记在生命册上，他就被扔在火湖里。**① 树欲静而风不止。

　　鬼天气！雨下个不停，我被雨水淋透了，外套也划破了，到处撕扯出线头，到处是刺儿。所以，给我的报酬的确公平合理。没有谁

① 参见：《圣经·新约·启示录》，20：15，和合本译文。

需要卖命苦干。不,绝对没有的事情。我的服务对象是一群人。所以,我又可以自视为幸运儿,因为墓中人不得不用经验铺设一条漫长道路,以穿越自身的无知。然后才理解:如果一个人不再被表面所欺骗,就会失去内心的平静,这正是我们的社会所看重的东西。墓中人错了!是的!

我就实话实说吧:她吃一堑长一智,我是最终的受益者。正因如此,我才站在这里,独自一人,身上滴着水,西服惨不忍睹,显得滑稽可笑。但我无怨无悔,因为我为人效劳,包括墓中人。她终于找到自己的位置,很快就被分解,从记忆中消失。**这些事你们既作在我这弟兄中的一个最小的身上,就是作在我身上了。**①

让墓中人安息,让我们享有安宁,主啊!

* * *

亲爱的紫菀:

请原谅,我花了一周多的时间来平复情绪,现在才尝试给你回信。亲爱的紫菀,你的严肃令我不知所措。当我第一次读到你的双声部朗诵的悼词的时候,我还认为可以对你美言几句。现在我把悼词读了三遍,我深知,称颂悼词是一件很没品位的事情,同时意味着没看懂。你,致悼词者,还有你,墓中人,悼词就是你被排除在外的体验,就是不可逆转性的纪念碑。你把圣经里的异教徒变成了第一

---

① 参见:《圣经·新约·马太福音》,25:40,和合本译文。

批种族主义牺牲品，这把墓中人、把这块发黑的肉纳入一个糟糕的传统。这是不可逆转性的具体呈现。你可以确信这是我给你的最后消息。你的讲话让我无话可说。你的严肃使我无法动弹。但如果你没有致悼词就走了，你就彻底破坏了这场我们自动卷入的游戏。你没有这么做。你把事情推向极端。我感谢你让我们知道这点，感谢你在界外的义举，感谢你最后表示的礼貌。

你的遗属弗兰茨·封·M

十六

特奥，我要了解你的情况！说说你出了什么事！

圣诞前夕。清晨出现两个男人。在花园门口。在他的花园门口。俩人头戴窄边高筒帽。穿深色西服。他打开院子里的灯，好让他们看见自己被注意到了。

随后的事情发展很快。他们将他带走。俩人都是田径运动员，他们一上手他就感觉到了。讲了几句安抚他的套话。事实会很快澄清，结果将令我满意。坐在后排那人用手铐将他铐着。还给他蒙上眼罩。没有别的意思。您会理解这一切。迄今为止您表现得非常好。令人起敬。

眼罩摘掉之后，他看见自己身处一间直播室。摄影机，观众，节目主持人。主持人跟他一见如故。说是就缺他一个。现在可以开始。我们这是电视节目幽默应对。请注意，今天是 2014 年最后一期幽默应对。

特奥被主持人领到弧形条凳就座,这里已经坐着好几位。有一个是坐轮椅的,轮椅停靠在弧形条凳旁边。主持人说:四个人四种命运,面对命运的无常,他们都做到了幽默应对,把不利变有利。请坐轮椅这位先讲。

他倒背如流地讲起自己的故事,人们马上就知道故事有好的结局:有一天,他失去了生命的乐趣,喝了两瓶伏特加,然后开着汽车冲向一棵树,没死。随后趁着夜色从四楼往下跳,不料落在一个自行车棚的塑料屋顶上面。没死。随后吞服七十片安眠药。他被抢救过来。最后他干脆在十字路口闯红灯,被卡车碾过,断腿被接上了,坐上了轮椅。现在他学会了热爱生活。玩手球。狂热地参加训练。想参加残奥会。

鼓掌。人们欢呼:好样的!

一对夫妇随即上场。女方有故事。为了给一个闺蜜饯行,她曾经把自己灌得烂醉。最后泡了吧。三周后有个男人打来电话,说知道一些令人难堪的细节,她承认自己就是那个醉酒胡说的女人。他软磨硬泡,要到她的电话号码。过了就过了,她想不起任何事情,也不愿意回忆任何事情,挂了电话。第二天那人又来电话。她根本不知道他是谁,他长什么样,抱歉。她挂了电话。后来她想知道自己当时可能说了什么。她打回去,准备和他喝杯咖啡。现在他们结婚了。两个孩子在演播室的儿童天地里玩。一个四岁,一个五岁。

鼓掌。

现在是一位教育学硕士。他读大学期间就做了结扎手术,因为这个苦难的世界上有太多贫病交加的苦孩子。后来他认识了这位芬兰女人。阿奴卡。还可以强调一下。他们的五个孩子在儿童天地玩。

鼓掌!

现在看用幽默应对的第四种命运。特奥·沙特!

有人遭受命运的打击,电视台就要探个究竟。沙特先生,您的公司经营良好,有四十年的良好业绩,随后却在一夜之间破产。在倾听您的故事之前,我们想提一个问题:今天清晨两个既和蔼又魁梧的大汉闯入您在梅尔希奥大街的豪宅,将您——可以这么说吧——劫持,当时您脑子里想到什么?

特奥停顿片刻,以调整自己的情绪。必须承认,我当时没想到幽默应对。

观众鼓掌。

另一方面,梅尔希奥大街的街坊一向彼此帮忙。本来我可以向邻居求救。我对面就住着巴伐利亚重量级举重冠军。

主持人:当然,当然,慕尼黑的索恩区,怎么可能存在治安问题。尽管如此,假如发生点意外,人们的第一念头是什么?

我下楼开门之前本能地把一串钥匙放进了保险箱。还上了密码。

主持人:为什么这样做?

以防被抢。倘若遇上入室抢劫,任何酷刑都无法让我交出钥匙。

有把握?

完全有把握。

好吧,我们根本不想对您动用酷刑,我们只想问:公司一夜之间就没了,这到底是怎么发生的?

特奥:背叛!

主持人来劲儿了:背叛!但如果您肯定这是背叛,您一定知道叛徒是谁。

我知道。但是叛徒的名字无关紧要。

好吧。但是,遭到背叛我们做何反应?

这个问题让特奥感觉很不舒服,对此他毫不掩饰。您知道,他说,我日日夜夜都在做出反应,我不得不做出反应,但是以什么方式?我的手,我不由自主地察觉到自己把双手放到他的脖子上,然后用力掐。所以,拜托,我没法讲述我日日夜夜遭遇的事情,这个我根本没法讲,反正这是幽默的反面!

人们鼓掌,主持人不再追问。现在我就问问为什么有背叛?这种事情不会无缘无故地发生吧!

特奥感到机会来了,他可以给观众、也许给千千万万的观众描绘他遭遇的事情。他来了精神。他自己也在感受他现在讲述的一切,这对他来说也是高潮:

我研究了各种理由,研究了所有的理由,我没看出哪条理由可以造成如此严重的背叛。我不得不接受这一事实。我所遭遇的背叛非同寻常,因为没有一条理由可以支撑我的判断。这是绝对的背叛。如果我突然置身这个圈子里,我可以用幽默应对,因为没有一条背叛我的理由站得住脚。这就是我在此时此刻的感受。我第一次用幽默应对这不可思议的背叛!除了幽默,还有别的什么手段!

观众热烈鼓掌。特奥鞠躬致谢。他还从未在此刻这种氛围下感受自己经历的坏事。幽默应对,他尽其所能地对着观众喊出这四个字。人们哈哈大笑,高喊:说得对!

现在主持人想知道他是否经常甚至定期观看《幽默应对》。其他几位遭受命运打击的同类表示每一期《幽默应对》他们都看。他呢?

他不得不承认自己只看政治和体育类节目,当然也看歌剧,特别是瓦格纳。但是从现在起他不会错过任何一期《幽默应对》!

鼓掌。

然后投票。从这四个有着曲折命运的人中间推选幽默大王。特奥·沙特高票胜出。

2014年度幽默大王:特奥·沙特。奖金:25,000欧元。捐给儿童救助基金会。

鼓掌。

主持人向他表示感谢。您太棒了!握手,真挚地告别。

两位壮汉把他带回梅尔希奥大街。他看出他们压根儿没看这一期的《幽默应对》。那不是他们的工作。他们的手和先前一样强壮有力。再见。事情结束了。

如果在报仇之日我一伸手就可以救他一命,我不会动一根手指头……

现在,当他扮演幽默应对一切者之后,他心头冒出这句话。唤醒这个句子、唤醒这昔日场景的,是怎样一种心情?

埃希特大街的房子有多宽,露台就有多宽。他躺在丹麦摇椅里,卡洛斯·克罗尔在他面前,走来走去。讲着话。而且是在劝说特奥。他想让特奥·沙特明白某个事情,可惜特奥一直听不懂。这回是伟大的维克多·克伦佩雷尔①。特奥确实连这名字都没听说过。卡洛斯向他描述此人如何伟大,如何重要。研究法语文学,教授,把 20 世纪前半叶的历史作为其个人经历来讲述。犹太人!这个词既醒目又柔和。别人自然而然都知道的事情,他必须讲给特奥听。听卡洛斯现在的说话口气,就像是特奥对尚未讲给他听的事情做了否定。素描如下:一个无产者家庭出身的少年,有着出类拔萃的数学和技术天赋,做过五金学徒工,念过夜校,获得高级文科中学毕业文凭。1920 年搬到克伦佩雷尔家住,在德累斯顿,叫他们爸爸妈妈,已开始讲授数学,大家和和气气地相处了十三年,十三年里没有任何的隔阂。但是,到了 1933 年,这位名叫笛默的青年人是第一个背离克伦佩雷尔的人。克伦佩雷尔后来说:*假如在复仇之日我动一根手指便能救他一命,我的手指会僵持不动……*

卡洛斯最后说:这个笛默,就是德国。

特奥承认这个例子说明犹太人融入德国社会的努力以失败告终,但他一如既往地反对以偏概全,在笛默和德国之间画等号。反对无果。

现在他脑子里突然浮现这个故事,就像是对他亮相《幽默应对》

---

① 维克多·克伦佩雷尔(Victor Klemperer, 1881—1960),犹太人,罗曼语族研究者,以记录他在德国生活的日记而闻名。

栏目的回应。德累斯顿的和谐友好持续了十三年。他和卡洛斯的和谐友好持续了十九年。这位笛默卡洛斯可以说是典型的德国人。特奥则认为这是典型的人性。这是一个在哪方面都无所裨益的想法。假如在复仇之日……但这复仇之日没有到来。世上永无复仇之日。我想不出一个给卡洛斯·克罗尔的背叛定罪的转折时刻。你当时有让人背叛的机会,所以你遭受了背叛。你有让人背叛的机会,这一事实比你遭受背叛更为重要。问问伊莉丝这是否真实和正确。伊莉丝在任何事情上都有可靠的感觉。但是伊莉丝不在他身边。她不会再出现了。这是他干的好事。

亲爱的伊莉丝……

　　写不下去了。

十七

尊敬的作家先生：

特奥·沙特尝试在您的帮助下学习如何用第三人称谈论或者描写自己。他由此获得一种体验。如果曾经有人预言他有这一体验，他肯定不以为然。现在他有什么经历或者心得都会写下来。亲爱的作家先生，他不想变成您的同类，更不想成为诗人。他有幸认识了一个诗人，此人却陶醉于自身的意义而不能自拔。他不是这种人。但自从失去行动能力之后，他就从事写作！也许作家行当就是光写作不行动？

诗人对他撰写的袖珍型人生指南鄙夷不屑。遭到诗人背叛之后，他愈加珍惜自己的小书。他可以让人推翻，他不得不耿耿于怀。被人推翻的，是他。他全部的生活，就是等待最后的崩溃。他越来越频繁地遭受拒绝。他感觉自己只是人们拒绝的对象。这是一个确定无疑的、逃脱了一切不确定性的身份。现在他只能容忍那些知道被拒绝是什么滋味儿的人接近自己。

把败仗一笔勾销,也不叫打胜仗。

这时,他在意识的地平线上看见了什么,那是他非做不可的事情。不再写袖珍型生活指南,写点别的,取名《论老年》。已经有一些写作积累。也许他还会给您寄来。

我有时不得不用第三人称讲述自己的事情。我与昔日的行动和看法拉开了距离。我感觉我不再是过去的我。今非昔比。我丢失了自我。

一如既往:充满敬意和友谊

特奥·沙特

论老年

如果一觉醒来又不觉得哪里疼,他如何接受一个事实:他不再是三十岁或者四十岁,而是更加靠近死亡?他肯定担心自己到时不想死,跟三十岁的时候一样。对死亡的接受度或者说死亡的能力不会与日俱增,死亡依然是一场灾难,是灾难本身。这是一个可怕的事实。

他不接受死亡。他做过许多的准备,对老年生活进行过预先体验,现在一切都不同。

镜子里:一道深切的皱纹,昨天还没有。腮帮要往下垂。咬紧牙关,进行抵抗。到此为止,别再往下走。一波未平一波又起。

　　每个人最终都必须翻越地平线。他佩服每一个翻越过去的人。每个人都能通过。别问以什么方式。他为这最后的翻越训练了好长时间,他知道自己的学习能力太差。

　　如果一听说谁刚刚死去你就立刻自动计算死者比自己大几岁或者小几岁,你就老了。

　　人,要么属于年轻,要么属于年老。他想起自己当初见到老者就心生怜悯。现在他知道:二者彼此不理解。老年人很难理解年轻人,反之亦然。青年和老年之间没有共同地带或者过渡地带。只有落差。

　　刹不住。紧急制动,避免翻滚。

　　一个四十岁的人没了,不会受人责备。如果是七十岁,人人都说:他干吗这样?

　　没人说:我老了。人们喜欢说:我不再年轻。

　　假装自己不是正在死去那个人。事不关己。世界想给你制造痛苦,但是你把痛苦骗走。

准备死亡,这意味着减少生活内容,就是说,慢性自杀。思想准备无济于事。所以,活下去,假装长生不老。

他最喜欢待在这个房间,直至永远。在黑暗中摸索,直到他倒在地上爬不起来,没有语言,没有知觉。

我们的跌落和树叶飘落可没有任何区别。

只是你嘴里没有冒出任何欢快的语言,只是万物都在萎缩,这点你要承认。如果你的兴趣是想跳舞,你就会哈欠连连。如果吐出嫩芽的榉树看着你,你就闭眼。你憧憬地下的存在,铅球一样沉重的狡狯……活得像行尸走肉,但可以活得很长久。

如果你至少做一个谁都看不见的幽灵。你参与生活的欲望无比强烈。生活拼命挣扎,想甩掉你,想摆脱你,不管在什么地方,你却死不松手。

活这么久是可耻的,沉重的。

自杀是坚强的明证。早死的,人们会念叨他的好。好死不如赖活的,只会遭人耻笑。

早晨开怀大笑,晚上唉声叹气。

一男一女在火车上议论一个同行的旅客：

她：这又是一个老蔫儿。

他：没错，五十岁，五十二岁。

人若不服老，事情就会变得很残酷。他奋起反抗，乱打一气，感觉自己可以不管不顾。他根本不认为自己肆无忌惮，他只是不想死。因为不想死，他需要譬如一个或者多个年轻女人。不管结果是什么。

你在体验怎样一个法则？你拥有的生命越少，你把生命拽得越紧。令人吃惊的是：道德观念烟消云散。你忙于苟且偷生，没给价值判断留下空间。

报上写着：

在 T 城，一个八十五岁的男人拿着斧头走向八十三岁的妻子，后者躺在床上。被害人被砍成头部重伤。随后他在电话里告诉女儿自己做了什么并且准备做什么。随后这个八十五岁的男人试图在自家二楼上吊。结果，砸穿地板，跌落到一层，躺在地上爬不起来，受伤，无助。女儿赶来，发现这对受伤的夫妻。

报上说，一个身体严重残疾者给德国铁路打电话。他宣布将对五列火车发动袭击。

有人死了。然后又死了一个。这是意料中的事情。还是令我们措手不及。死亡是割草机,我们是想要四处疯长的草。

发现自己没有必要再阅读之后,他首先把这视为一种缺憾。一开始他不知道应该如何给这种缺憾命名。老了。萎缩了。原本不言而喻的事情陷入瘫痪……他的职业离不开阅读,犹如鱼儿不可能不游动。保持消息灵通。掌握更多信息。现在他不必再阅读,他不能再阅读,他不想再阅读。他反省自己。他不能泛泛地说自己再也不必、再也不想。他只是发现自己不再阅读。而阅读没有被任何别的活动所取代。

他初次意识到这点,是在坐火车从韦斯特兰①到汉堡转车再到吕贝克的途中。在穿越石荷州的辽阔大地的时候,他想起自己带的杂志、报纸、书。带在身上就是为了看。他去吕贝克做报告,是当地商会邀请的。他把报告题目表述为"等待发明还是订购发明?"。他带了一篇讲稿。他本应拿出来再浏览一遍。在基尔做报告的时候,有句话引起了不太愉快的讨论。吕贝克的演讲需要将它删去吗?那是一位知名作家讲的话:德国工业界的利益是通过抽打赤贫者的脊梁获得的,用政治家的话来说,这叫低薪产业。有听众因为他断章取义而愤愤然。这立刻引起一阵喧哗。他看着窗外飞驰而过的风景,脑子里一片空白。云,草地,羊,发电风车。他知道自己在车上可以永远保持这种状态,不会分心。他心里甚至想,他一辈子都在通过阅读转移注意力。

———————————

① 德国最北端的小镇。

对什么的注意力? 生活。别的还有什么! 但这种感觉也消失了。一切都已烟消云散,只剩下他自己。如果不阅读,他会永远待在他刚才所待的地方。你有生命。你的眼睛在看,但什么也没看见。你在干什么? 没必要说这么多。你在。这就够了。和从前的区别:从前你总是让其他事情分心。不关注自身。不关注你自身的存在。没发现你存在于世是一件多么有趣的事情。你会把手表送人。你尽可能夸张点,说:你充满对此世的兴趣。没有比存在于世更有趣的事情。但这时他已经到达汉堡,不得不转车。

右手要发抖。你可以禁止它这么做,也可以允许它这么做。

只管数还有多少日子。皮肤痒痒,穿鞋困难,唉声叹气。

和岁月一同消逝。别抗拒。在消逝中停留。

差一点

我们都想发声,
十二月和我。
再有皮肤瘙痒,
体重再减两斤,
白天令我振奋,
我就歌唱。

听见有人说话,他就转动脑袋,像一只在空气中捕捉气味的动物。他尽可能不露声色地把左耳对准说话人。他的左耳比右耳好使。除了自己,这不能让任何人知道。

老年就是一场败仗,不是别的。

他丢失了生命,却未找到死亡。

老年是一片荒漠,里面有一块绿洲,名叫死亡。

生命在减少。今年首次大幅减少。如果年年如此,熬不到八十岁。但他从未有过这一念头,活到八十岁!! 过去想活七十岁。现在想活七十五岁。还可以再次递交延长申请吗?

愤世嫉俗的老人,人老了就愤世嫉俗。前者是陈词滥调,后者传达出信息。

他不想控制自己。他想放任自己。脑袋里有一种莫名的压力,一半来自身体,一半来自思想。窗户等待雨点。他等待死亡。

白天的疲惫到晚上才消退。但又为时已晚。

沮丧把自己说成疲惫,他想辞退语言。疲惫,用词不当。你还能看出疲惫是一个词不达意的名词。你拒绝这个词，就像拒收一件错发的商品。把沮丧当疲惫，谢谢，免了。疲于生命？不。疲于死亡？不。你疲惫不堪。感谢语言替我们保留了这一表述。你疲惫不堪。没有比这更精准的表达。

你必须承认，你坐再久也不会感觉无聊。

当初他没想到、也不知道：他在森林里奔跑，享受暴风雨，是为了现在。童年时代发生的一切都只是为了日后的回忆。

我们不能跟年轻人一起混，这有损健康。我们自己扎堆儿，形成一片由参天大树组成的森林，我们需要多少光线，我们的树冠就把多少光线放进来。

老年人千人一面。

年老的中国人不如年轻的中国人更像中国人。

他们让老年人的形象变得直观。我们不断成为展示对象，即便出于最良好的意愿。一种新人类：老年人。人们给老年人特写。用花言巧语掩饰老年生活中司空见惯的丑陋之处。我们还能呼吸、吞咽、做鬼脸，我们应该感到庆幸。

只要他们又把一个老头儿、一个老太太领到镜头前面，他就抬眼看天花板。老年人耐心配合。他们不知道自己看起来什么样子，不知道自己跟年轻的女护士和生气勃勃的年轻医师站在一起是什么效果。大家都是好心。产生的结果却很怪诞。只能让人转身就走或者扭头不看。

助人为乐的力量减弱了。自私心没减弱。以前做最后一搏总是很惭愧。现在却对最后拼搏的力量呵护有加。不怀好意，而且心知肚明。

《宾登日报》免费刊登讣告。

非常清楚，年轻一点的都把六十五岁或者七十岁的人视为老迈之人。他们字字句句都在呼吁我们偃旗息鼓、迎接死亡。我们没有做好准备。我们老了，没错。但若论愿望或者意图，我们与比我们年轻二十岁的没有根本的不同。唯一的区别：我们现在必须假装我们有不同于四十五岁的人的愿望和意图。做老人就是跟年轻人来虚伪的。

人越老，谎言越多。体现在方方面面！面对谎言有强迫症，没有任何事情可以幸免。老年，是谎言的化身。

现在他对同龄人十分反感。他恨不得撵跑每一个同龄人，因为他们使他联想到现在自己看上去是什么模样。上了火车他不想再走进一等车厢。那是一个行驶的老人院。

在公开场合讲耸人听闻的故事是有些人的生财之道。有时候他们会突发奇想，说老年人是一种危险。仿佛我们的目标就是夺权。譬如在经济领域或者在选举当中。

他从书本得知，奥维德认为老迈的士兵和老迈的恋人一样丑陋。

市长们照例写了一段贺词，其中引用了文学家阿尔弗雷德·德布林的话："老年生活无比辉煌。我对未来的每一年都充满好奇。"

瓦格纳的《帕西法尔》①里面唱得多好："岁月的重担所向披靡，最终使他轰然倒地。"

在这种状态下，他生不如死。这是真话。好死不如赖活。这同样是真话。

太阳假装发光。他不信。

不幸是一个黑天使，你是他宠爱的动物。但是你若无其事地仰望天空。

_____

① 德国作曲家瓦格纳创作的三幕歌剧。

心中有千言万语,却无人诉说,这千言万语就只好憋在心头。日复一日。年复一年。但即便只有一个人可以倾诉,你也赶紧拿非说不可的话向他倾诉。即便这唯一的倾听对象是你本人。

让年轻的词汇出现在所有的草地上,以便你能够写作,它们感觉起来多么的湿漉漉,以便你手舞足蹈地向它们问好。

幸福的切线。
抛过栅栏。
隐瞒的思想。
争取的满足。
被浇灭的火。

在这儿我年纪最大。如果不在这儿,我就在别的地方年纪最大。

老实承认,现在轮到你了。老实承认,你头上长出最后一层青苔,老实承认,你气若游丝,几乎难以抵达你的嘴唇。老实承认,你的内心、你的四周早已万籁俱寂,或者空无一物。

你是老人,你不愿雪上加霜,被人当老人对待。

你的年龄越大，你曾远离的一些人就越有道理。譬如祭师。没有开始生活的，停止生活更容易。

他百无聊赖，悄无声息，而且充满恐惧，他浑浑噩噩地活在世上。百无一用。他不知何为生何为死。他专心致志研究自己的不在场，并寻找其色调。他因专注自己的幸福而沉默不语。

结局可以这样：万事万物突如其来，蜂拥而至。丰富多彩，前所未有。

不再反对任何人或者任何事。假装赞成的时候要以百米速度冲在前面。每个人最终都静止不动，顺其自然，仿佛赞同世上所发生的一切。

自杀无须暴力手段多好。开枪很残暴，自缢很残暴，服毒也很残暴。希望有一种慢性毒药，让人睡上十二个小时，把问题自然解决。

他不再给空虚命名。
他不想比风更清晰。
砖头堆在一起就没有历史。
从先后顺序中看出意义，如获至宝。消磨时光被宣布为神圣事业。
学习一言不发，是一件美好的事情。
何况他学到一个道理：没有什么事情是超越美的。

十八

　　特奥清理自己的文字。他做的札记连他自己也嫌多。"给政府的报告"这一标题反复出现。这是过去几十年在不同时期里所做的札记。他现在开始为其编号。

　　给政府的第一份报告：

　　我豁然开朗，明白政府为何不能听取我等的意见。我想做的事情都属于犯禁。如果我的愿望实现，世上无正派，世上无人性。我要以酒壮胆。我要做到无耻至极。我不可能遂愿。我将一如既往地保持礼貌。无法实施的计划使我充满活力。不会有满足。我的毁灭是唯一的希望。毁灭＝得救。既然如此，我能为自己的毁灭做点什么？从现在做起！

　　给政府的第二份报告：

　　特奥·沙特认为，自己消失之前有必要给国家留下一个若能实施可能会大有裨益的建议。国家养育了他,给他提供了依托。

事情涉及那场路人皆知的灾难,涉及那些日复一日毁在欧罗巴城堡里的人们。终结悲剧是可能的,特奥·沙特写道,如果每一位德国的房主都肯吸收一位难民,每栋房子都有能容纳一位难民的地方。特奥·沙特现在还有三栋房子,所以能够接纳三位难民。拥有一栋房子的房主,可以花一年时间照顾难民。私人收留一年之后,难民由政府接管。在这一年中间,房主做了一切让难民融入我们的国家的事情:语言学习,职业培训,以及其他必需的生活本领。这项行动应该取名房主救助工程。房主们终于有机会使用自己身为房主的特权。但是我们的国家、我们的政府必须表示赞同这一救助工程。前提是房主表示愿意参与这一工程。不要强迫任何人,但是要保证每个人都应该感觉自己在邀请之列。这样可以马上安置一百万难民。欧洲各国可能起而效之。全世界房主们联合起来! 为你们自己争光,为房主阶级争光。甭管潮涌的难民是否是一场悲剧,是否构成威胁。

满怀希望的

特奥·沙特

给政府的第三份报告:

雇主应该说说创造新的工作岗位需要何种劳资协议。他们应该保证达成这类劳资协议之后在多长时间内创造多少工作岗位。

工会赞成这类协议需要一个前提条件:把放弃工资视如信贷,如果这一协议促成经济繁荣,就连本带息返还。如果签署了信贷延期支付协议却没有带来经济繁荣，如果降低工资和工资附加费用也无济于事，那就说明我们整个的经济模式不再可行，我们必须尽快找到另外一种模式。但是应该尝试通过一种前所未有的灵活性来复苏经济。这种灵活性的基础是：善良意愿和信任。

特奥·沙特

又及：工会在这个建议中作为银行出现，希望参与谈判的任何一方都不会产生反感。

给政府的第四份报告：

特奥·沙特三十二岁来到慕尼黑，四十年前的事。他注意到，许多人都在地铁和轻轨里读书读报。他还记得自己就觉得这么做不礼貌。今天依然如此，人们依然在读书看报，或者低头玩手机。

人们为何不能彼此欣赏？每一个同行的乘客都是一种命运，一个故事，都有一张铭刻着自身经历的脸。所有人的脸上都能看出命运沧桑。一张人脸就是一道人生的风景线。

特奥不看报，他看其他乘客的脸。他关注他们的交谈，他不是用耳朵听，而是用眼睛看。他从面部表情和动作获悉谈话内容。

有一对夫妻所坐的位置正对着他。男的肯定是警察，女的是参议教师（皮肤晒成了棕色），俩人嘴里都在嚼东西。看得他着迷。他们不像许多年轻人那样用力地或者大动作咀嚼，而是非常注意周边影响。他抬眼看了好几次，他们依然在嚼。他们平静地咀嚼，不流露任何情绪，而且步调一致，他们下车之后，这一幕依然久久地萦绕在他的心头。他们在歌德广场下的车，站起身之后他们没再咀嚼。幸好他们下了车，否则他会看不见那两个很有意思的年轻姑娘。她们站在车厢门口，不管列车如何颠簸、摇晃，她们也不伸手抓那送到眼前的扶手。她们用双腿保持身体的平衡。他很钦佩她们的功夫。她们面对面交谈，总是同步说话同步发笑。日本姑娘负责反应，本地姑娘负责递送笑料。她做了个夸张的动作，那意思只可能是：这可太恶心了！日本姑娘用细嫩的右手遮住哈哈大笑的嘴巴，同时用左手朝上方做拒绝和推挡动作，这意思只可能是：没错，没错。如果美可以排名次，她现在就是世界上最美的女人。可是，现在已经有一个男人直接站在特奥跟前，一个怎么看都有观赏价值的人。他的头发和胡子一样白。头发是白色的波浪，在额头上方来了个几乎是很优雅的造型。胡子细心地为面庞镶边，使之向下延长。黑框眼镜，大眼睛。这个还不到五十岁的男人如何忍受自己的形象？如此招摇，自己怎么受得了？特奥知道，这个人他不会很快忘记。很难想象此公每天不止一次去照镜子。他一定对自己的戏剧性外表心满意足。他身着米黄色短裤，带翻边，平常一般只有长裤带翻边，在他这里翻边只到膝盖。这一方面很契合他的形象，另一方面则强化了他的公众形象的戏剧性。他绝对不是温文尔雅的绅士。他更像是简单粗暴的殖民地军队指挥官。他站在这里，眼睛一直看着上方。这意味着：他不看任何人，他是别人观看的对象。

　　一个洪钟一样的声音转移了特奥的注意力，他不再看这位表演家。一个身材魁梧的黑人，斜对着他，身着一件满是拉链的皮夹克，还挂着无数个提包。他对着手机说话甚至喊话。手机消失在他的大手里面,看着像是在对着自己弯卷的手心说话、吼叫。由于他说的是一种谁也听不懂的语言,所以他的声音如此之大,仿佛这地铁里就他一个乘客。大家都侧耳倾听他那妙不可言的伊里哇啦,而且全部听懂了。如果他因为对方说了俏皮话哈哈大笑,我们就不由自主地跟着微笑!有一次他笑得如此厉害,以致好几个挂在他身上的包都往下出溜。他不得不把它们接住。

亲爱的政府,特奥·沙特想表达什么意思?在他即将消失之前,他想问问是否可以考虑由政府或者由某个可以负责相关事务的政府部门尝试通过海报和广播等方式发起宣传活动,号召人们在乘坐地铁、轻轨和公共汽车的时候放弃阅读。号召人们相互感知、相互欣赏。

政府不必下任何禁令。只需提醒大家,每一节地铁或者轻轨车厢都有无限美景。难得的机会,毫无风险,他听见右侧有人说道,我就是那美景。

"你知道我的意思。"一个十六岁的女孩朝着比她高出三个头的十七岁男朋友吼道。譬如昨天,车厢里几乎没人了,他对面坐着一个——话得这么说——女孩。女孩跷着二郎腿,她的短裙或者长裙彻底滑落。健壮的大腿,黑色装束,皮肤白得晃眼。特奥没有目不转睛地盯着人看。但随后出现轰动性一幕:当列车在布鲁德米尔大街站重新启动、他重新看着窗外时,她的怀里出现一个狗窝,里面有一条主要由耳朵和眼睛构成的小狗。张开的小嘴巴吐出一条小舌头。刚刚降生的小狗浑身瑟瑟发抖。特奥可以肯定,这只小狗在到达布鲁德米尔站之前还不存在,还没有来到世上。女孩伸手从黑得发亮的提包里面拿出一个瓶子给它慢慢喂奶。她显然费了老大劲才让这只小狗来到世上。特奥没法将眼光从这个逐渐平静下来的造物身上移开，直到他不得不在奥贝森德林下车。本来他很想向她道贺。但他勇气不足。起身。往车厢门口走。但是门口已经站着两个人：一个是挂拐杖的老人，又干又瘦，脸上刻着二十世纪的历史，他旁边站着一个光彩照人的大姑娘。不是他的曾孙女。老头对她说：劳驾开一下门。她：很乐意效劳。老头：否则我会摔倒，我只有一条腿。她：原来如此。老头：在俄国吃了枪子儿。她扶着他走出去。

这就是地铁三号线！

现在他很想知道能否找到一个认真对待其建议的部门。我的上帝，昨天还有这么一个女孩：她的头发仿佛全都源自前额头顶。一轮巴掌宽的头发波浪在此蓬勃兴起，随即向后方汹涌奔腾。一川棕色的洪流，却泛着金黄色的光芒。它们越在高处汹涌，就越是金光灿灿。尽管她看着不像来自欧洲以外的地方，他却说不出她是哪里的欧洲人。她旁边是一个还不到五十岁却很显老的女人。她有一张饱经风霜的脸。年长的女人自然在阅读。年轻那位永远不会读书看报。从女孩的脸上可以看出女孩对什么都不感兴趣，除了她自己。她不朝任何地方看。她既非若有所思，也非毫无思绪。她没有一门心思等着列车到站，然后起身下车。这是老妇人做的事情。但是老妇人在阅读。

不言而喻，如果见到这样一个女孩，人人都像他这样反应，这对国民生产总值将是一种威胁。但也许在别的地方会出现增长点。

未及细说,他已收尾。对了,坐在她对面的男人也很有意思。此人在啃夹肠面包,啃了一个又一个。每啃一个,他都先掰开面包看看夹心,津津有味地把里面的萨拉米香肠切片欣赏一番。这人也永远不会在车上阅读。

尊贵的政府,句子宛若机器,单词在里面工作,意义就是它们的产品。

特·沙

十九

亲爱的西娜：

　　我很诧异自己还在写信,还在给你写信,甚至可能把信寄出。这意味着,对于我目前知道的一切,对于我即将——前提是没有提前来个脑出血仁慈地让我解脱——写信告诉你的一切,我根本不相信,或者表示质疑;但是我相信这一切,知道这一切,并且毫不怀疑。

　　拜托,即便我的句子泄露了我内心的慌乱,我也要把这些句子的来源说出来:这种慌乱并非源于我。它随句子的内容油然而生。有一点我非常清楚:我无权产生个人情感。你过去是我无比能干的妻子伊莉丝重点照顾的客人,现在依然如此。不久前(这都过去几个月了?),一个现象令我诧异。为避免误会,我得说:令我折服。事后我曾尝试还原当时的精神状态。我当时已经一败涂地。不得不举手投降。公司也已解散。我在万念俱灰之时遇见你。我不想为自己开脱,说什么如果我处在稳操胜券的状态,你的出现就不会造成如此的震荡。我至少被你刺花了眼。随后开始通信,我越来越着迷。但是通信双方都没有回避一个事实,都声明感觉自己是死亡候选人。我的感觉比你强烈。后来你讲到两个死亡候选人的故事,并由此提到奥利弗·舒姆请客的事情。你不可能知道他是我的超强竞争对手。他几乎没把我放眼里。这些事情你并不关心。我把舒姆的熟人圈子称为后宫。既然你说你在里面混了十年,我又知道他对女人总是招之即来,我自然要产生思想斗争。我产生了思想斗争。反正我无权要求你做什么,我只好竭尽全力,在心中抢救你,抢救你的形象、你的存在、你的一切。我相信我抢救成功。你陆陆续续给我讲述的事情,使你在我心中变成一个生机勃勃的形象。你对我已是如此地重要,而你恰恰也是他的昔日情人,我当然为此感到痛苦。但我挺住了。我成功了。我从你这得到的一切——我指的是句子,都证明你没有在社会花边新闻中沉沦。但是我承认,我最可笑的性格特征依然时不时地纠缠于这个对我来说最重要的事实。我承认这点,就等于责备自己有着最可笑的人性弱点。之所以如此,也许是因为我摔倒之后变得前所未有的软弱和无足轻重。

但现在,亲爱的西娜,留下的后果。在我心中。一个纳入灾难范畴的场景再次成为鲜活的记忆。

有人背叛我。一个冒险项目,也许是我最最冒险的项目,即将坐实之前有人向我的竞争对手奥利弗·舒姆泄露了细节。结果,舒姆抢走我的项目。我花了一些钱,以便能够复制背叛开始的场景。那个疯狂的美国人发明了一种让我孤注一掷的药物。舒姆先生显然常去做客。对于间谍所能提供的情报,他有无与伦比的嗅觉。所以他获悉我的律师正在和美国人的律师谈判。那就火速前往。但现在有个人在美国人那里做客，他是我最亲密的朋友。他对美国这个项目了如指掌，因为这是我最大的项目。他知道我对位于北卡州这家工厂如何心驰神往。后来我获悉他与这个疯狂的美国人有多年的交情。一个疯狂的发明家和一个文学家，这是绝配。舒姆先生对此不抱希望。但是当他看出名堂后，他很清楚自己必须做什么，很清楚自己能够做什么，因为他不是只身一人前往，有一个女人陪着他。人们众口一词，都说这个女人是地中海相貌。还能说会道。永远唱主角。她不是一个低眉顺眼的宫妃，而是一个喧宾夺主的女人，她甚至击败了能言善辩的卡洛斯·克罗尔。反正有人说，当她跟舒姆一起离开时，卡洛斯·克罗尔已开始对她俯首称臣、顶礼膜拜。

亲爱的西娜，人们总说，慕尼黑是一个村庄。此言不假。

我不允许自己产生被迫害妄想。我的事情你都知道了，对于所发生的事情你可以更好地评判。但我不想知道你的结论。我只想说，我是唯一一个和自己持相同判断的人。你我的经历完全不同。卡洛斯·克罗尔和我的经历完全不同。事情发生的时候，你我根本不认识。自那以后你和卡洛斯·克罗尔保持一种开放关系。后来又冒出一个舞蹈用品商店女老板的丈夫。你甚至认为可以跟他书信来往。你和他都认识到你们有权把自己的感受或者经历告诉对方。你的信友一开始就声明自己永远不可能有超出信友的身份，即便他不得不承认自己有非分之想，何况他不仅上了年纪，而且其貌不扬，让人转身就忘，你和文学家高谈阔论时对他只字不提也是情理之中的事情。因此,我对这种关系无话可说。假如我有多料名誉博士奥利弗·舒姆一半的知名度,或者有我们的文学家一半的名气,我们的相遇就值得"天下奇闻"栏目报道一番,因为我们如此的不匹配。渐渐地,我们相遇的时间和细节在我这里变成了一个谜。

我一再努力,让自己坚信再也见不到你了(我不再为伊莉丝看收银台),而且不无成功。本来这就够了。

你比卡洛斯·克罗尔的岁数大一点。我跟他打交道的时候,他和比他大十一岁的女博士安克·米勒一起生活。相关情况现在你比我更了解。我从他以前的讲述知道,他习惯投奔比他年长的女人,还让人伺候他。但是瑞士出版商梅拉妮·苏格不吃他这一套。反正她说过,在卡洛斯·克罗尔投奔她的四年里,无论白天黑夜她都不曾伺候他。有传言说,女博士安克·米勒因为对他俯首帖耳而感到痛苦,但面对如此一个天才,她觉得如果进行反抗就显得很没文化。她名叫戴荆棘冠的圣母,不无道理。有传言说,这个头衔是卡洛斯·克罗尔授予的。圣母的前任是搞整骨疗法的,卡洛斯·克罗尔投奔她的时候,她是他的整骨治疗师。他也给她取了一个名字,拿这个名字反复叫她,直到所有人都跟着他叫,包括当事人自己。他称她为:打理一切的童话姑娘。童话姑娘的前任是一位女律师,他叫她:人精。

我不知道他用什么名字来塑造你在他的圈子里的形象。以后也不会得知,因为我跟他没关系了,我对他的圈子本来就很陌生。

无论你和谁保持什么名目的关系,我都没意见。这是真心话。我甚至把你和卡洛斯·克罗尔的关系看作一块试金石,我想看看自己能否说到做到,永远不责怪你。我来日不多了,有什么关系。另一方面,我感觉你恰恰是那个以独一无二的方式出卖我的人的情人。现在我要看看自己能否说到做到,或者仅仅自欺欺人。其实我应该超脱这一切。对于你,我的态度应该是爱干什么就干什么。而我还纠缠于一个简单的事实,没完没了地抱怨你做了谁谁谁的情人。

请原谅,亲爱的西娜。不管现在还是别的什么时候,你做谁的情人我都无所谓。对于我,你的每一个情人都是除掉我的充足理由。因为我害怕自己受不了。在这种事情上,接受不了是一件令人难堪的事情。

今天就此搁笔。笔者说个不停,却前所未有地感到理屈词穷。

致以崇高的敬意

一个你太了解的人

* * *

2014 年 12 月 29 日,星期一,16 点 38 分

亲爱的西娜:

我给你的上一封信又变成一封没有寄出的信。所以现在试试给你寄一封可以寄出的信。

你在出卖我的那个男人的手里。这个恐怖的事实是否应该对我产生巨大的吸引力,致使我忘记自己还剩多少时间?使我假装活到永远?! 使我生龙活虎一般去做徒劳的拼搏? 我不再拼搏。同时我承认,我想知道他是否给你说了为什么要出卖我。

你现在跟他在一起,这像是一个获取真相的巨大机会。虽然感觉来日不多,但我还是想知道他背叛我的动机。为什么?为什么?究竟为什么?尽管我知道没有为什么。不可能存在一个让我理解其背叛的理由。但如果他有话要说,他就应该对着你说。他不知道你和我有联系,而且正如你告诉我的,他根本就觉得这不可能。但如果你觉得太麻烦,就免了。我承认:最后你落到他手里,这是一件荒唐的事情。即便你告诉我一条不可能存在的理由,事情也不可能变得有意义。

可以说一如既往

那位特奥

二十

亲爱的特奥：

希望你一切安好。圣诞节过去了，元旦过去了。我母亲和三个女友去维尔德舍瑙①过圣诞和元旦，要一直待到三圣节。她们在那边练长跑。这样好。扮演坚强的女儿对我来说一年比一年困难。现在我缩在这里，面对八支蜡烛和一瓶路易王妃香槟②，背景音乐是奥斯瓦尔多·弗雷瑟多③探戈舞曲《人生多美好④》。我试图理解自己为何又一次回到原点，发现自己的存在是一个彻头彻尾的错误。现在再度出现某种被我用"囿于主观"所指代的东西。现在喝路易王妃香槟是否比在过去四周喝的效果更好，这个我没把握。但有一

① 阿尔卑斯山区的奥地利小镇。
② 法国高级香槟，产自兰斯的古老酒庄。
③ 奥斯瓦尔多·弗雷瑟多(Osvaldo Fresedo, 1897—1984)：阿根廷作曲家，探戈歌曲作者。
④ 原文为西班牙语：Vida querida。

点要记在它账上：我感到只能在你面前敞开心扉，哪怕是通过一封无法寄出的信。我们拭目以待。

罗马的探戈节其实没有什么讲的，因为没谁想跟我跳舞。除了屈指可数的几个例外。在三十个小时的米隆加舞会上，几个例外只能凸显我的可悲处境。来自迪拜的穆拉德跟我跳了几轮。他看出我的处境不妙。什么 Roma, ti amo①！应该说：Roma, scappare da te②！！！我不得不控制自己的情绪，避免给我的失望留下它认为有权占有的空间，同时阻止它吞并我的外表。我反对失望，失望就是我——我反对我自己。不新鲜。穆拉德还看出我有马格里布③血统，阿拉伯人彼此相识。我多数时候也能一眼识别阿拉伯人。因为他非常友好，我向他透露了我的一些重要的生平事实。没讲当前的困境，但我告诉他我没见过我父亲，也从未到过他的故乡阿尔及利亚。穆拉德说，在阿尔及尔没有公开的探戈舞会，但是有地下舞会。他去年出差的时候在那里参加了一个米隆加舞会。我应该去那儿，他可以帮我介绍关系。随后我还向他透露，我父亲60年代就在巴黎跳过探戈。这使他非常兴奋。第二天早晨就把联系方式发到我的手机上。最感人的是：穆拉德给朋友的朋友的朋友打电话，帮我在罗马的阿尔及利亚领事馆搞到一个递签时间和一个临时签证。我无牵无挂，所以马上订了一张机票。我知道那个村庄的名字，我还

---

① 意大利语：罗马，我爱你。
② 意大利语：罗马，我躲你。
③ 马格里布是古代阿拉伯人对今突尼斯、阿尔及利亚和摩洛哥所在地区的总称，意为"日落之地"。

知道那里的柏柏尔人叫沙维亚人。

　　星期二,在舞蹈节结束之后,我搭乘意大利航空的飞机飞到阿尔及尔。有时候不假思索更好。否则我没法成行。一轮又一轮的恐袭警告,还独自一人租车去山里转悠,而且是冬天。而且人生地不熟:既不懂当地的语言,又不熟悉当地的地形和文化。去干吗?怎么想怎么不靠谱。我暗中希望得到解脱,但这点我不敢承认。我去一个也许是最不可能得到安宁的地方寻找我的安宁,其结果就是永远找不到安宁。在飞越地中海之后,飞机开始盘旋,准备降落。飞机的下方是大海,是在海边拔地而起的高山,海拔2000米,山顶依旧白雪皑皑。这时我有些忐忑不安。因为米纳村就在飞机下方的不远处。除了名字,我对这个村庄一无所知。出了机场,我直奔租车公司,因为我需要一辆带导航的越野车。我拿到一辆黑色路虎,在阿尔及尔市中心订了一家宾馆,紧挨着旧城,因为米隆加舞会应该在这里举行。随后我就开车上路了。现在我不想沉湎于细节描写,否则说个没完。我对那里的一切都感到陌生,我把这种陌生当成自身的一部分来体验。我不想细说我住的瑞士宾馆,这家宾馆虽然已经有些年头,但依然像阿加莎·克里斯蒂①小说所描写的酒店。她的小说我非常熟悉;我不想细说我晚上如何大步穿行卡斯巴哈的街巷,直到我找到穆拉德为我写的地址,一个名叫阿迈勒的女人居住的房子。阿迈勒四十五岁左右,职业歌手,风姿绰约。她像招呼

---

① 阿加莎·克里斯蒂(1890—1974):英国女作家。据最新统计,其作品累计销量达四十亿册。

女友一样招呼我进屋,还端上咖啡和蛋糕。我及时阻止她和女儿去厨房开始做饭。她说米隆加舞会每隔一个周六搞一次,就在离这里几条街的一个地方,在一个书店的里间。那地方平时用来举办朗诵会和其他文化活动。就是说,下周六有。我想试试。我们交谈的时候手脚并用,同时穿插英语、法语、德语,等等。

回到宾馆后,我用手机进行定位,决定从阿尔及尔预订米纳附近的一家宾馆。下一个大一点的城市叫比斯克拉,离米纳约 50 公里。总台第二天一早帮我订宾馆,我早餐之后开车上路。我为导航输入比斯克拉的地址:玛萨拉区。导航没意见。比斯克拉足足有400 公里远,我需要开将近六小时的车。车开得很慢,我小心驾驶,注意观察每一辆推车、每一头牲畜、每一个路人。瞧后视镜的时候常常看见他们停下脚步,朝我投来好奇的目光。我也欣赏沿途风光,观看绿色的山谷、光秃秃的草原、峡谷、溪流,还有群山环抱、熙熙攘攘的小镇,小镇的公路有椰枣树为之镶边。

我到达比斯克拉。这里也有成片的棕榈树,宛若绿洲,酒店坐落在一条时令河的岸边,由于过去几天连降大雨,河床变得波涛汹涌、水流湍急。我停好车,走进大堂,听见有人用英语向我问好。我被领进一个宽敞舒适的房间。这里的客人似乎不多。我无所谓。我倒在床上,盯着天花板看,脑子里一片空白。我跟自己失去了联系,跟自己的冲动之举失去了联系。罗马远在天边,慕尼黑不用说,阿尔及尔也是无穷远。我在乌有之地。我别无所求。

醒来时天色已黑。窗外是灯火通明的庭院,中间是游泳池,棕榈树为游泳池镶边。我打开箱子,取出化妆用品,去卫生间冲澡。

然后去楼下的餐厅。有几张桌子坐着拖家带口的阿拉伯人,另外三四张桌子是一对对的男女。我在餐厅的角落找到一个靠窗的位置。服务员端来一壶水,同时把菜单递给我。菜名我看不大明白。服务生很友好,但他帮不上忙。然后过来一个与我年龄相仿的男士。他先用结结巴巴的英语,然后用完美无缺的法语介绍自己,他叫陶菲格,是酒店经理,祝我住店愉快。如果我想了解宾馆和本地的情况,如果有什么困难,就请直接找他。我现在的困难就是看不懂菜单,所以就请他推荐。他说沙克苏凯面饼是比斯克拉的特色菜。我听信其建议。没一会儿就上来一瓦盆配有辣酱的薄面饼,辣酱用豌豆、洋葱、土豆、鸡肉调配而成。真好吃。陶菲格对我充满好奇,而且几乎不加掩饰。我就不声不响地跟他做了个交易:我满足他的好奇心,只要我能够结结巴巴地把我的计划讲清楚,他则投桃报李,给我第二天的米纳之行出主意。他对这个地区了如指掌。他也是沙维亚人,和我父亲一样。在讲述旅行计划的时候,我貌似变成了他们当中的一员。Welcome home①,他说,bienvenue chez toi②。他还问我是否说阿拉伯语或者沙维亚语。他祈求神佑我。他上知天文下知地理,他很得意。

我应该感到高兴,我可以感到高兴,我也感觉轻松一些了,但我仿佛觉得他给我套上了一个新的身份。我突然之间变成了沙维亚人。他的逻辑很简单:你父亲是沙维亚人你就是沙维亚人!没得

① 英语:欢迎返乡。
② 法语:欢迎返乡。

说。他向服务生要了面包、茶、蛋糕。他说个不停。还不时地拥抱我。我站起来要走的时候,他用双手捧着我的脸,一边来了一个生硬的吻。他说我是沙维亚人的相貌,鼻子、头发、眼睛都是。

我们没有共同语言也进行了第二次交谈!

特奥,你理解我是怎么一回事吗?我进了房间,关上门,没有开灯,然后把自己像沉重的口袋一样扔到床上。我号啕大哭。我现在更加迷茫,不知道自己跑这里来干什么。

第二天我很早就醒了。叽叽喳喳的鸟儿把我从睡梦中叫醒。但是我不想起床,我躺了好几个钟头,望着屋顶和窗外那些生机勃勃的棕榈树叶发呆。将近十点半我才抖起精神,带着一身的疲惫猛然起身,然后冲澡,穿衣,下楼。我不打算吃早餐,我有点害怕陶菲格的热情好客。当我进入大堂、疾步走向停车场的时候,有人大喊:女士!女士!我转过身来。总台服务生挥舞着一张纸条。他说老板公务在身,无法在此恭候,深表遗憾。纸条上面写着米纳的一个地址。他请我到对面就座。他指向一个凸肚窗,那里摆放着一个阿拉伯风格的茶几和几个单人沙发。他给我端来早餐。我说不要早餐,但说了白说,老板有令。我面前摆着咖啡、牛奶、扁圆形面包、黄油、果酱、红枣。

走出大堂的时候我朝服务生颔首示意。谢谢。再见。他马上起身,快步抢我前面往外走,然后拎起放在大门右侧的方桶。然后指向停车场,做出要把方桶倒空的姿势。我明白了,老板让他给我的油箱加油。汽车启动后,我看见他举着空荡荡的方桶在后方挥舞,直到我拐弯。不一会儿我就驶出了比斯克拉,然后向朝山区方向行驶。需要顺着山道向北开大约一个小时,这是导航给出的信息。我觉得自己像法拉第笼中的蛹。我可以待在任何一个地方。各种景致如幻如梦地从我身边——滑过:赤色的撒哈拉沙漠,褐色的草原,黑沉沉的峡谷,灰色的山丘,白雪皑皑的山峰。望不到尽头的公路盘山而上,平坝上的村庄像雕窝一样悬挂在山腰。云朵挂得很低,几乎伸手可及,压迫着多孔的地面。在冰川裂隙的绿地上面,鸟儿飞来飞去。上边是蛮荒之地,荒凉,粗犷,狂风在倔强的草茎之间穿梭,植根于黏性土壤中的千年古树,把枝丫伸向四面八方。四处可见绵羊、山羊、马骡、人群。我在远处看见一个白雪皑皑的山峰,逐渐驶近后看见一个交织着白色土地和棕色土地的高山平坝。可能是我的目的地。这一发现使我的法拉第笼的屏蔽效果立刻减弱。我减速,车越开越慢,最终进入缓慢滑行状态。我注意到自己开着一辆厚重敦实的豪车在这里转悠多么扎眼,同时注意到路边的岩壁里凿出多少洞窟。好些洞窟里都开起了餐馆,餐馆的入口处多半挂着血淋淋的羊,而且全都用一块布帘子做标识。我选择最近的一个洞窟停车,然后壮着胆子走进一家路边苍蝇店(抱歉,用这个词最恰当),四周投来迟疑和戒备的目光,我通过手势询问哪里有空桌,然后找到一个,薄薄的帘子将我和旁边两个餐桌隔开。我决定走路去米纳。

这顿饭由一杯红茶、一份羊肉串、一小盘配小麦面包的沙拉组成。价格便宜得让人脸红。付账之后我深深地吸了口气,然后迈开脚步。米纳就在眼前的一座椭圆形的山上,山顶上有一座白色的清真寺。我就近选择了一条土路进村,望见到几个小姑娘在一棵巨大的橄榄树下玩。她们盯着我看,有两个马上就跑开了。我走到了树下,她们牵着一只骡子站我跟前,一脸的友好,还大声说:Bonjour①!我也来了个 Bonjour,同时停下脚步。一个女孩说了句话,另一个又说了一句。我感觉她们在问我什么,但我听不懂。她们要我摸摸骡子,抓住骡子的嚼头,然后跟着骡子走。我兜里揣着陶菲格写的纸条,我给孩子们看;她们不感兴趣。

米纳是一个布满阶梯的迷宫,上下两级房屋之间总是相差一到两米。我不想拿无聊的事情来烦你,特奥。我发现自己在回避我遇见的一切。我对一切都很生疏,我是陌生人,而由于他们不把我当陌生人,我就备感陌生。我做不到自然而然,到哪儿都感到烦恼。我总是在观察自己的生活,观察自己和周围的人。她们做这做那,却从不追问为什么。我最美好的体验,就是在自己做事的时候不把自己当皮影戏观众,不与自己发生争吵,不管事前事后还是做事过程中。

有一个女孩突然扯着嗓子喊,她在传达什么信息,随后就有另外一个女孩从门洞里走出来,她是刚才从橄榄树跑开的一个女孩。她看了一眼就消失在门洞里,然后牵着一个身着绿色长袍的老妇人的袖口走出来。老妇人举起双手一拍,号啕大哭起来,然后拉着我的手腕,跨过门槛,进入屋里。在熊熊燃烧的炉灶前面,她们比比画画地讲述家史,那些故事在我这里全都成为朦胧记忆。老妇人是我父亲的一个姐姐,也就是我的姑姑。在场的都是妇女和小孩,中间

---

① 法语:你好。

也有父亲的两个妹妹。她们你一言我一语,情绪很激动,大姑时而高喊,时而哭泣,时而举起双手仰望天空。我听到父亲的名字,萨布里。两个小姑随后让她安静下来。我又听到陶菲格的名字。她们显然认识他,我推测她们知道有我这个人,也知道我要来。尽管什么都听不懂,我还是明白他们在说我父亲的事情。他死了,遇害了,在法国,遗体没有运回家乡。她们要我坐到饰有红色图案的深色地毯上。两位小姑不仅安抚大姑,也安抚我;大家开始做饭,烤面包;忙忙碌碌,喋喋不休,怨这怨那。我环顾四周,到木头屋顶去! 顺着梯子上到房顶,这里挂着一串串需要风干的大蒜。我受到女王一般的款待,有羊羔肉排、羊肉串、可口的扁圆形面包,还有蛋糕和茶。我听不懂她们的话,她们有什么错? 她们也不会想那么多。

两个男人走进屋里,有一个站在门洞。大姑和一个小姑一左一右推着我朝门口走,一个年轻女子、两个小女孩,还有那两个男人疾步走在前头,走向停在坡下的一辆破旧的皮卡。两个男的、大姑和我钻进驾驶室,其他人爬上货箱。皮卡摇摇晃晃、叮叮咣咣地发动了。很快就看到右侧下方有一个河谷,石灰石,红色的黏土上生长着郁郁葱葱的树木,低洼处有一条水流,一小段下坡路,然后是几百米的上坡路。一刻钟后汽车停在一片黏土战场前。大姑年迈、干瘦,遭受过痛苦的打击,她依然充满力量。她紧紧地拉着我的手在前面走。我踉踉跄跄地跟在后面。路边一堆又一堆的石头和大理石,这显然是曾经的墓碑。她一会儿左拐,一会儿右拐,其他人紧随其后,最后停下脚步。这是什么意思? 我父亲不可能埋在这里。她朝着我的方向比画着,再次大哭起来。然后两个男子中间的一个来到我身边,让我明白这里埋葬着她的父亲,也就是我的爷爷,在战争中阵亡。他用一个动作向我表明我们的父亲在上次战争之前逃往法国。我过一会儿才明白他和我父亲目睹了我爷爷如何被法军的装甲连杀害,后来安放他的墓地被炸成这副模样。大姑的浅蓝色眼睛讲述了这段历史。回到村庄后我跟众人告辞,她们把一小块毯子、一个手镯、几块甜饼塞到我手里,拥抱我,亲吻我,祝福我。我真正听懂的只有一句话:Bienvenue chez toi①!谢天谢地,我可以独自一人去停车场。快要落山的太阳,用最后的力气照耀着白雪皑皑的山峰。

等我回到宾馆停车场,天已经黑了。走过总台,晚上好,女士,我一边走一边回答晚上好,回到房间。先淋浴,很热,然后上床入睡。醒来的时候外面一片漆黑,窗前是探照灯照耀下的海枣树树叶。我仿佛从另外一个宇宙返回。我穿好衣服,下楼。我不饿,但是想喝红葡萄酒。我走进餐厅,坐到前一天的位置。服务生把面包、橄榄、一壶水摆上桌。Vin rouge②,他没反应。不一会儿陶菲格出现了,他高高兴兴向我问好,跟头天一样坐到我对面,给服务生交代任务,然后和头天一样混杂几种语言打听我走这一趟的情况。东西端上了桌,有一瓶很好的葡萄酒,本地葡萄酒要归功于昔日的法国人。还有几样美味。我试图用英语、德语、表情、东鳞西爪的西班牙语、法语、意大利语表达自己的意思。看来我的表达能力大于我

---

① 法语:欢迎返乡。
② 法语:红酒。

自己的预期。不然陶菲格为何拿起一支圆珠笔和一张餐巾纸来写写画画。一张餐巾纸不够,他还拿了第二张。然后他把两张纸推到我面前,我在一张纸上看见一个女人的脸,这个女人被一只大手捂住了眼睛。女人面前摆放着一瓶葡萄酒。手的下方有泪水流出。背景是房子,房屋呈阶梯式布局,山顶上有一座塔,我认出这是米纳。旁边有几张人脸,狰狞可怕,那只大手似乎就属于他们。第二张纸上面是一张表情悲哀的人脸,侧面,这可以是我的脸,鹰钩鼻,尖下巴。一对男女在跳探戈,彼此的头挨得很近。Pour Zina, sois toujours la bienvenue chez toi, dans le bled de ton pére. Avec des pénséeses affectueuses et amicales①,陶菲格。2014 年 12 月 15 日,欧雷斯山地区,比斯克拉。

我在阿尔及尔的探戈舞会上才得知事情的来龙去脉。是穆穆告诉我的。其实他大名叫穆罕默德,是总部位于巴黎的欧洲航天局的信息技术员;先后派驻马德里、法属圭亚那、阿根廷;他周游世界,酷爱探戈,还做探戈教练,是一个来自米纳的沙维亚人,跟陶菲格很熟,等等。他是我碰到的第一个可以用英语对话的人。陶菲格跟他报了信儿,说我要来,同时还透露了一些别的事情。

我晚上抵达阿尔及尔,然后待在瑞士酒店。我在酒店餐厅吃了点东西,然后给穆穆打电话,约他第二天也就是周六去参加米隆加舞会。穆穆先来接我去吃饭,把我领进一家高档的黎巴嫩餐厅。刚刚落座,他就叽里呱啦跟服务生说了一长串,然后就上来琳琅满目

---

① 法语:亲爱的西娜,你的家,你父亲的山居村舍,一直欢迎你! 真诚致意。

的美味佳肴,全都盛在小罐子小盘子里面。他给我一一解释每道菜的配料和做法。只有葡萄酒来自法国,其他都是阿拉伯原产。他客客气气地跟我提了几个问题,包括与探戈有关的问题。然后谈起自己驻扎阿根廷的安第斯地区和法属圭亚那的时候如何去布宜诺斯艾利斯和蒙得维的亚出差。他说他越来越觉得工作很乏味,但是他的工作也给他提供了许多跳舞的机会,他可以跳他心爱的探戈。现在他已跟着他的阿根廷老师在布宜诺斯艾利斯东奔西跑,做老师的助理。我说你也可以教我,他马上表示同意,一双深褐色的眼睛炯炯有神。他建议第二天上午碰面,然后一起午餐,餐后送我去机场,因为我是晚上的航班。离开餐厅之前我们还喝了茶,俄式的铜质茶壶很讲究,带加热装置并饰以雕花。他还说,我的父亲、他的父亲,还有陶菲格的父亲在巴黎是形影不离的朋友。他和陶菲格出生在巴黎,但是他们的童年主要还是跟母亲一起在米纳度过。上中学的时候又回到巴黎。他留在了巴黎,陶菲格在大学的艺术史专业毕业后在比斯克拉开了这家酒店,后来又在阿尔及利亚其他地方开了分店。所以都是老朋友。明天再多讲点。现在得出发了。

当我们推开大门,走进浸泡在暖光中的舞厅时,甜蜜的小提琴拨奏扑面而来,是奥斯瓦尔多·弗雷塞多斯的《一只年老的虎①》。刹那间,我们浑身上下——从脑袋到心脏再到双腿——都被这神奇的氛围所感染。无论在何方,探戈舞场的魅力都势不可挡。阿迈勒的女儿负责售票。我们在衣帽间换上鞋。我环顾四周。很安静,在

①　原文为西班牙语：Tigre viejo。

阿拉伯地区,这算是非常地安静,人们在跳弗雷塞多斯的《踩着痛苦的脚印①》。随后,阿迈勒朝我走来,跟我打招呼,跟我拥抱、接吻。她说的话我能猜出大概。穆穆给我带来一壶马黛茶,在一个小桌子边给我留了一个位子,他坐我对面。我环顾四周,感觉很惬意,在音乐中与自己合而为一。组曲结束后(你可能知道,由三支或者四支曲子组成的探戈舞曲通常叫 Tanda,这里的组曲与慕尼黑或者罗马有所不同),场上响起阿拉伯音乐。舞者井然有序地退场。然后是弗朗西斯科·卡纳罗②的华尔兹舞曲《不知道你的眼睛为何刺痛了我③》。我望着穆穆,他非常友好地将眉毛高高挑起,然后冲我点点头。他在场边与我面对面站着,右手放我背上,把左手递给我——他周身散发香气。我感受他的呼吸,感觉他周身都在放电,他的电流将我层层环绕。然后我感觉他的身体蓄势待发,正在为我们即将迈出的第一步带来运气。我们开始静静地移动,向前走步,偶尔轻轻旋转。我们没有一个动作不彼此默契。我变得胸有成竹,尽情接收他仿佛用地线输出的电流,我的舞步由此充满活力。无论走步还是旋转,一切皆如行云流水,就像一场展示力量、速度和技术的乒乓球比赛,一场三人组合比赛。我们与音乐形成三组合。我们一次又一次地挺进,一次又一次地腾飞,一次又一次无所畏惧地做轴内快速旋转。身体越是向心,越适合离地飞旋。当时发生了什么?我没

---

① 原文为西班牙语:En la huella del dolor。

② 弗朗西斯科·卡纳罗(Francisco Canaro,1888—1964),乌拉圭-阿根廷音乐家、作曲家。

③ 原文为西班牙语:Yo no sé que me han hecho tus ojos。

法对你说,我没法对自己说,我没有必要说。

特奥,这是一个令我难以忘怀的夜晚。还没有哪个男伴与我如此默契,还没有哪个男伴的动作和呼吸让我感觉如此沉稳踏实,让我在舞场上如此热情奔放。阿迈勒,那个真诚待人的女子,在两个乐手的伴奏下唱了几首具有阿拉伯风格的探戈舞曲。是的,没错,阿拉伯风格!特别打动我的是阿尔及利亚歌手莉莉·布尼士唱的歌曲。听到《我就是那片落叶》时,我的眼泪几乎夺眶而出。这首歌是如此之美。

没错,特奥,现在我要写点类似后记的东西。你肯定期待已久。正好穆穆第二天上午给我上舞蹈课,教我一种全新的走步技巧。结果,我学了走步技巧却忘了如何自然走路。这种走步技巧要求每走一步都要压低移动腿一侧的臀部,支撑腿-侧的脚则需用力朝地上一蹬。压低臀部对于我们的配合构成挑战,一旦成功,则大大有助于保持轴心的稳定,走步就会行云流水。我练习、练习、再练习,以便自己最终能够重新稳步前行而不打趔趄;我尝试、尝试、再尝试,为的是练就一种心态,使自己能够承受打击——我从穆穆和陶菲格那里听说了我父亲的故事,我深受打击。我的舞姿刚劲迅猛。因为在不知不觉中纠缠了我五十年的事情就以迅猛而残酷的方式呈现在我眼前。

为了上舞蹈课,穆穆开车带我来到阿尔及尔东郊的海边。这里有他父母的房子。我们去一家位于山腰的餐厅。这里是阿特拉斯山脉末端,可以俯瞰大海。他再一次帮我点菜,先是一份辣汤,里面有一些米粒儿状的面条,然后是鱼,烤红鲃鱼,然后是沙拉,餐酒是一瓶桃红，产自邻国突尼斯。我觉得他表情很严肃，比先前严肃得多，也许是酒后吐真言吧，所以，尽管是中午，他还是喝起了葡萄酒。他打开了话匣子。他说，我遇到陶菲格，然后通过陶菲格遇到他，这可以视为一个妙不可言的偶然事件，一个能够使人重生信仰的偶然事件。根据《古兰经》的教导，世上无偶然，一切事情均由真主安拉决定。然后，他利用等上菜的间隙为我朗读或者说即兴翻译陶菲格的一封邮件。这封邮件告诉他我要过来。

亲爱的穆罕默德：

出了一件奇怪的事情。我这里来了一位客人。一开始我根本没看出事情跟我们有什么关系，我只是殷勤好客，做我的本职工作。现在我反应过来，只有你和我能够让一个人了解自己的命运真相，我认为我们也必须这么做。这个女人来到我的酒店，而我们是她的命运的一个组成部分（穆穆在此稍事停顿，问我听说过 maktub 这个词没有，伊斯兰教的关键词，表示命运，字面意思是**被书写的**，偶然的反义词。我不得不承认没听过。）

她的父亲是沙维亚人，名字对我来说当然并不陌生。我把她在米纳的亲戚也就是姑姑的地址给了她，同时告诉她姑姑，她即将到访。从姑姑在电话里的反应可以判断，他们家没人知道这个女儿的存在。这使我慢慢陷入思考。她叫西娜，来自德国，而且是——没料到吧！——萨布里·祖尔斐的女儿！即便知道女儿的存在，他也绝口不谈，哪怕是最亲密的朋友。我们问不出真相了。只是她为什么现在才来？为什么在你把你父亲安葬之后两个月才来？我们的父亲都死了，三个父亲都死了。我们也不再年轻——我们仨都一样！我们要让西娜知道自己的身世，要让她知道自己的根，是时候了，我们也有义务这么做。她的身世如此，我不知道如何跟她说才合适。所以我请你出面，我的朋友。你们的共性，不仅在于我们父辈的友谊。你们还有共同的嗜好：探戈。这些我用一幅素描给她做了暗示。此外，她亲眼目睹了姑姑如何痛苦，她还去了爷爷的墓地，那里被炸得面目全非。所以，把真相告诉她，她会理解前往米纳的意义何在……

后来我从穆穆口中得知，大姑和我父亲亲眼目睹了可怕的事情，他们目睹了他们的父亲在1945年的遭遇。当时我父亲刚好八岁或者九岁，他的姐姐十五六岁。后来再次爆发战争，这令萨布里难以忍受。他不到二十岁就逃亡至法国。他逃往一个敌对国家，但他毫不在乎。逃亡要紧。尽管法国人接纳他，让他拿了中学文凭，还让他读了医科大学，他却失去对法国人的敬意。他是法国的敌人，他生活在敌人的包围之中。不久穆穆和陶菲格的父亲也前往巴黎。他们结为生死与共的兄弟，常常形影不离。尽管如此，穆穆说，战争给我父亲打下最为深刻的烙印。穆穆和陶菲格的父亲过上了普通人的生活，读大学，找工作，娶阿尔及利亚女人为妻，生好几个孩子。这些事我父亲显然做不到。他很聪明，也是一个成功的外科医生。但除了跟他的两个沙维亚朋友在一起，他对人很冷漠。他闹出一个又一个的绯闻，有时还平行闹绯闻，他还跟几个男人打得火热，人到中年之后彼此还拿自己的情场得意来吹嘘。

我们家里有时聊起这些事情,穆穆说,大家忧心忡忡,但无可奈何。他十五年前就死了,你知道吗?

我点点头。

被人杀死的。

嗯。

我们不知道细节。凶手没有被逮着。只是有传言说,他死于私刑。也许因为一起医疗事故或者私人恩怨。我们不得而知。

这世界上还有什么事情让人感到诧异,特奥?

穆穆还说,他父亲和陶菲格的父亲做过一番努力,想把我父亲的遗体运回故乡,他们希望萨布里在故土安息。但是我父亲采取了预防措施,他在遗嘱中声明要把遗体捐献给医院做病理解剖。他还预付了一笔钱,以便火化无用的或者解剖剩下的身体器官。没有办法。

这是什么个性?!

特奥,我写不下去了。

今天到此为止,让我们为元旦补上一杯!

西娜

* * *

2015 年 1 月 6 日,星期二,11 点 17 分

亲爱的西娜:

我不必来过多的客套,就可以对你的阿尔及利亚故事拍案叫绝。我可以说,我几乎觉得你有点可怕,因为你对你父亲的身世、也就是对自己的身世一清二楚。期待已久的爱终于回归源头。你已入乡随俗。但如果我不来任何客套,就只对你的探戈经历做出反应,我感到前所未有的嫉妒。你和卡洛斯·克罗尔的关系,无所谓。但看看这个穆罕默德,你叫他穆穆,他周身放电,他的电流将你层层环绕!你变得胸有成竹,你接收他的地线输出的电流,每走一步都充满活力。然后,无论走步还是旋转,一切皆如行云流水!然后做轴内快速旋转。什么叫轴内旋转!还没有哪个男伴与你如此默契,还没有哪个男伴的动作和呼吸让你感觉如此沉稳踏实,使你在舞场上热情奔放。这全是白纸黑字!亲爱的西娜,你很清楚,我知道自己不能给你提要求,既无权利也无资格。我们之间无任何事情可做,既无时间,也无场所。既然如此,为什么还会产生人类可能产生的最愚蠢的情感:嫉妒?!你对探戈的狂热使我感到痛苦。我隐瞒自己的感受也没用。过去我一直有一种感觉,好像在你面前非戴上一个令自己痛苦的理性面罩不可。现在,当我被迫目睹了探戈带来的亲密无间,我觉得我太自虐了。如果你跟穆穆(这个名字就让人浮想联翩!)过了夜,你也许会承认。也许!你想保护我。避免我自己伤害自己。我可以说,如果你脱光之后面对太阳,我对太阳也会产生嫉妒。我控制着自己的情感。可是,看看你在舞场上的状态,一会儿被环绕,一会儿被托举,一会儿被充电,拜托,这些描写可以对我造成许多伤害。

报告真实感受,被囚禁在可能性的笼子里的特奥

* * *

2015 年 1 月 6 日, 星期二, 14 点 01 分

对不起, 特奥,

全是误会。但是无所谓。

再见!

* * *

2015 年 1 月 8 日, 星期二, 23 点 33 分

亲爱的西娜:

我不知道何时何地读到卡夫卡写的一句话：**只要被夜间的铃声捉弄一次——这永远不可挽回**①。

道歉毫无意义。我陷入你那娓娓动听的探戈故事而无力自拔，这是一件不可饶恕的事情！说出口的话是收不回来了。你在阿尔及尔的故事我读了三遍才发现，我对你独在异乡为异客的经历完全视而不见。这太不可思议了！我还以为你已入乡随俗，因为你对当地风土人情的描绘是如此的绘影绘声，是如此的五彩斑斓，还如此笔酣墨饱。你如鱼得水，像是将新的身份披挂在身！我很佩服你，因为你受到热情款待，还进行了细致的描绘。现在我才发现，你有

———————————————

① 语出卡夫卡的小说《乡村医生》的结尾。

独在异乡为异客的感觉。我做不到自然而然,到哪儿都感到烦恼。有关舞场上的亲密无间的描写麻痹了我的思想,所以我对这句话视而不见。还有你的态度:我听不懂她们的话,她们有什么错?

你听说了父亲的所有事情,这并未消除你的陌生感。你的结束语:特奥,我写不下去了。我为自己感到前所未有的羞耻,但说这话又有什么用呢。对你也一样。我想接纳你!以减少你的陌生感。如果你想到我们是两个人,你可以少那么一丁点陌生感,我们在彼此了解的情况下见到对方,现在我们彼此有所了解,但是我们再也不会见面!因为……因为一切事情糟糕得不能再糟糕。你让自己喜欢我的文字吧。有个事情很滑稽:想起你的时候,我很想做诗人。尽管我不是诗人,想你的时候我别无选择,只能进行创作。请原谅!去年八月我给你写过一封没有寄出的信。我在信中坦承一个事实,现在我干脆重复一下。当时我写的是:你是一种美的强制。我想连续不断地拿优美的字句献给你,献给你一个人。简言之,在你面前,我恨不得自己是一个诗人。诗人就是把一切说得比实际更美的人。你在强迫我成为这样的人,或者说在强迫我模仿这样的人。不由自主。道理很简单:

　　世界需要意义,

　　如同爱情需要鲜花。

　　在我心里,

　　不断产生新的萌芽。

当初写的摘录至此。你也可以说我又一次去纯粹的语言世界避难。今天的避难所是：

哀歌

想象的马儿的银色马鬃从马脖
吹拂而下。音乐如何出现
变得可以想象。天空
出现瞬间的晴朗。
我们是创世的意义，
你和我为死亡降生。
我不得不发笑。非笑不可？
是的。和你一起。

在命运的风洞中口吃。
片言只语滚雷一般横穿世界。
被掐死的温柔在路边腐烂
理性在蹦床上跳探戈。
刑讯者边做鬼脸边拍巴掌。

我们迷路，来到这个
充满欺骗的世界，我们的眼睛
糊上蝴蝶的翅膀。我们的
尸体灿若花朵，让

不朽的冰川发烫。

我情愿东游西逛。打理草坪，

抚摸动物，加固树干。

只求你看见我，只求和你

一同走进荆棘丛，我是刺，你是玫瑰。

请命运将我们采摘，以便我们一起

装饰爱之梦。我们止于幻想：

永远有事情即将发生①。

你的所谓的特奥

---

① 原文为英语：Something evermore about to be。

二十一

2015 年 1 月 9 日,星期五,21 点 49 分

亲爱的特奥:

　　凑到一起的事情比我们想象的还要多。我对一个我相信在别的地方认识的人越来越熟悉。你的写作风格像某个弗兰茨·封·M,给你回信的是一个紫菀。弗兰茨·封·M 告诉紫菀,遭人出卖是他产生死亡愿望的原因。他还说,不可逆转性是他渴望的状态。

　　那俩人难道就是我们——你和我?! 我觉得我们应该欢呼雀跃,尽管我们置身死囚的房间。

　　相比之下,那位天才为何出卖你的问题无关紧要。我是这么认为的! 别的下次再说! 今天我和你一同庆祝再次结盟。庆祝结盟、结盟、再结盟。

你的紫菀-西娜

* * *

2015 年 1 月 9 日,星期五,23 点 17 分

亲爱的西娜：

我本应想到这点,我本来可以想到这点！你从来都比我本事大,你比我机灵,你是一个灵敏的、聪明的、狡猾的、出类拔萃的女人！我却笨头笨脑,人云亦云。尽管我注意到你谈论衣服的方式跟紫菀一样,尽管有人跟我讲过一个地中海相貌的女人,说她叫本地老大"住嘴！",尽管她在一封信的结尾告诉他的信友,她的超我现在叫她"住嘴！"——我还有这样那样的证据,这些现象引起了我的注意,但我没有刨根问底。我总是等待别人来为我阐释世界。我很天真。我父亲总是为我解释一切。他总说：你永远不开窍。现在是你来为我阐释世界。向你坦白这一点。

你的依赖者

又及：我的爱的确使我盲目,我为此感到自豪。紫菀训斥弗兰茨·封·M,与西娜训斥我如出一辙(很遗憾,特奥,全是误会。但是无所谓。再见！)。这一发现本来就可以擦亮我的眼睛。

又及二：啊,西娜,你和紫菀是一个人,这比弗兰茨·封·M 和特奥·沙特是一个人更有意义！你和紫菀是一个人！我背着你出了轨,我出轨对象则是紫菀。你说滑稽不滑稽？尽管她不断训斥我,说我是轻量级、浪漫派什么的,我却因为她说了这些话而爱上了她。我想知道她写信的时候身上穿的什么。现在发现她也是你！！！你有紫苑背景！不可逆转性！你撰写了墓穴布道！西娜呀,西娜,还有什么！你越是令我望尘莫及,我越是要把你紧紧追赶。自然,你根本不想这样做。你越不想,我越想。西娜,如果我有朝一日——这永远不会发生——看见你,我会立刻把你吻得死去活来,最后在亲吻中死去。必然这样。但是我可以借助虚拟式来吻你！否则拿虚拟式何用！假如,假如,再假如有可能的话,我就和你一同逃往乌有之乡！我就和你一起游向童话的海洋。到那以后,我们向约灵德和约灵革尔问好,向白雪公主和红玫瑰问好。我们,紫苑、西娜、弗兰茨·封·M和特奥,我们,西娜,是绝佳的四重奏,西娜,我必须小心,我起飞,冲在你前面,最亲爱的西娜,你是不可能性的化身：我将战胜你的不可能性。借助虚拟式！如果虚拟式不行,就用直陈式！

你的用直陈式的特奥

二十二

特奥,你接手吧。把无法表达的事情讲出来。你可以感觉力不从心,但你要试一试。

西娜打来电话。

他们头一回通话。克罗尔死了。事情已处理完毕。死在她那里。星期五。

她本应跟往常一样在九点半让他走,然后她会开车去她的米隆加,去基辛①的小天地②舞厅。去找约翰娜和尤尔根。因为他们依然做出很欢迎她的样子。

卡洛斯·克罗尔是将近五点的时候来的,每周的星期五他总是这个时候来。他喝了自己带来的抹茶。她总是严格按照他教授的

---

① 位于慕尼黑东南部的一个区。
② 西班牙语:La Tierrita。

方法进行冲泡。先用几滴冷水把碗里的茶粉调成糊状,然后冲上温
开水,再用竹笕搅,直至表面形成泡沫。他在一旁观看、欣赏。她讨
厌这种茶,所以她喝她的香槟。俩人都吃巧克力。他总是把喝茶当
回事。几乎当成仪式。今天茶后他说还想喝一杯香槟。随后他提
议为他给她新起的名字干杯。他终于找到一个适合她的名字:辣
妹!她没意见,甚至很自豪,因为她给天才提供了一个从事美丽而
放肆的语言创造的机会。她至少比那个百依百顺的整骨治疗师和
那个专打离婚官司的贪婪律师要划算。那俩人一个叫打理一切童
话姑娘,一个叫人精。所以她高高兴兴地跟他干杯。

当他把新的名字献给戴荆棘冠的圣母后,圣母扑上来搂住他的
脖子。这时他才清楚地意识到,他赋予谁称号,就意味着他即将抛
弃谁。只有戴荆棘冠的圣母免遭厄运。他不得不对圣母说,辣妹还
没有成为过去。他甚至根本还没有搬到她那里。而这总是暂停发
展的前提条件。他从一个周五等到又一个周五,等着她说现在他可
以去了。然后你没去,圣母说,对于你,马尔森大街的女人档次太
低。她避免叫西娜的名字,从来都用街道指代。现在他不得不提醒
说,他没法忍受强制。他等待星期五,等待愿望得到实现。你的受
难星期五①,她说。他笑她。

然后他对西娜说:我可以来吗?她提醒他自己有一个男性信
友。他依然不当回事。信友,十个也行!只要没住她这里!她再次
忍住,没告诉他那人是谁。他还描述了奥利弗·舒姆对她的新称号

---

① 受难星期五也叫耶稣受难日,是纪念耶稣受难的日子。

做出的反应。太天才了,那家伙大声说道。三个字,惟妙惟肖。好样的卡洛斯,我恭喜你!

过了一会儿,他说他今天感觉很好。把树木连根拔起不是他的特长,但他今天特想把树木连根拔起。埃姆雷,他在歌德大街的土耳其理发师,说好给他染头发,结果临时说不来就不来。代他班的那位从未给卡洛斯服务过。卡洛斯的顾客档案里注明了应该如何调色。那家伙调啊调,结果呢,他卡洛斯现在看着就像来自南美洲的轻歌剧男高音。这可不是他和埃姆雷合作多年摸索出来的颜色最深的暗红色。她完全没有注意到这单调的黑色看着多么可怕。这无非表明她对他是总是视而不见。随后他站起来,说现在想把她抱到床上。请吧,她说。说着就在沙发上摊开四肢。他将她抱起,让她平躺在他的双臂之上。然后真的把她抱过去。让她滑落到床上。迄今为止他只成功了一次。然后他说:你得承认,你现在有能力接纳我。有权利接纳我。有义务接纳我。赶紧答应三声是的。

她很清楚,他又在老调重弹。搬到她这里住。离开全能的女博士。她跃起身,把他带回沙发。到了对面之后,他轻轻地拍拍她,让她坐下。他小步走向墙壁。每次来了兴致他都紧靠墙壁扮演受难者。他将发表讲话,会让人明白作为受难者的他在说实话。他每次说的话都进入她的心坎儿。同时她也理解:宣告真理的时候他要把自己塑造成受难者的形象。现在他贴着墙摊开了双臂,踮起了脚尖,说:我的受难星期五。今天你不接纳我,可能就永远没机会了。戴荆棘冠的圣母变得铁石心肠,要让我粉身碎骨。然后又大声喊:生命在日积月累中丰满……最后嘴里只有嘶嘶声。他的造型也乱了。他伸手在空中乱抓,寻找一个并不存在的支撑点,然后瘫倒在地。她冲到他跟前。他一头栽她怀里。眼睛已经翻白。从他最后的嘶嘶声中还可以听见一个词:完蛋了。这个词平时不会从他嘴里出来。

现在她知道刚刚发生了什么:垂死挣扎。

急救医生做出死亡诊断。他必须把死者封存起来。不是停放在普通的停尸房,而是送进一个封闭区域。死因:中毒。现在她也注意到卡洛斯已经面色大变。他的嘴唇几乎蓝得刺眼。

她把安克·米勒博士的地址写到一张纸上。米隆加取消。

她已两次接受问询。

哈罗,她大声说。你还在吗?

特奥一次又一次地吞咽口水。他找不到发声的地方。他想叫她的名字。但没有发出任何声音。

他在一个巨大的空间里面。没有光。寂静发出尖利的叫声。他是一个小不点。在这个空间里面。

他挂上电话。他不想再次听她喊特奥!特奥!

后来他可以对自己说,从他接电话到他接受问询,只有短短的一刹那。

警察问:您最后一次见到卡洛斯·克罗尔是什么时候?

特奥说:您看看我的税务申报单吧。里面有张发票,在诺伊纳餐厅与卡洛斯·克罗尔共进午餐。事由:业务咨询。我们的谈话方式一如既往。他滔滔不绝,我洗耳恭听。他说戴荆棘冠的圣母正在生他的气,因为他又需要一个中场休息。我知道他是什么心情。他需要说实话。如果有人要求甚至强迫他讲违心的话,他会变得怒气冲冲、铁石心肠、肆无忌惮。又来一次短暂的中场休息。这恰逢他出卖我或者说出卖我的项目那段时间。几天之后我才得到消息。您看看税务申报单,上面全都有记录。至少在诺伊纳共进晚餐的时候我们还是一条心。起身离开的时候他总是抢在我前面,他去门厅的衣帽间取了我的大衣和帽子,然后等着我。我想阻止他帮我穿大衣,但他每次都来一句比较暖心的话,迫使我就范。他在诺伊纳餐厅说的是:我知道,你不想被人看作老人。这话很伤人。很没心肝。很冷漠。前所未有。倒是有道理,我对他说,然后随他摆布。我无意抗拒。也无力抗拒。门口等着两辆出租,我们各走一方。我感觉我失去了他。为什么失去他?如何失去他的?他投奔谁?这些一概不知。但我很快就把事情搞得一清二楚。

名叫施泰因费尔德的刑警队长说,如果有人被毒死,刑警必须介入,我必须接受问询,因为我在一次电视节目中说过想掐死卡洛斯·克罗尔。我已成为嫌疑人,希望我理解。

他对这位刑警队长产生了好感。刑警队长似乎对这场问询感到烦恼。刑警队长说这不是审讯。还说刑警跟交警没什么区别,交警无非是在交通事故之后察看碎片和痕迹,以判断事故如何发生。谁也不想杀人,刑警队长说,尽管如此,不断有人被杀。把涉案人员大大小小的动机摸得越清楚,杀人行为就越是向杀人事件转变。他的任务就是让这一事件变得可以理解。没有他的调查研究,检察官根本不可能出手。但既然有人死了,检察官必须出手。他,位于拜耳大街3号的刑警第三支队队长施泰因费尔德,想竭尽全力让已经发生的事情变得可理解,他也有义务这么做。同意吗,沙特先生?

特奥说:当然同意。

那好,刑警队长说,请讲。

特奥开始陈述:

直到此刻,我依然讲不清楚我们是什么关系。现在他死了,我可以试着讲讲我对卡洛斯·克罗尔的依赖。卡洛斯·克罗尔对我为所欲为。我对伊莉丝,我的妻子,也没有像对卡洛斯·克罗尔这样百依百顺。他的一言一行都制约着我的感受。

我不知道事情如何发展至此。这个卡洛斯·克罗尔总给人一种感觉,好像非讨好他不行,非让他称心如意不行,他哪来的本事?仅仅认可他还不够。一开始就这样。譬如,如果你说了点什么而他可以表示赞同,他就来个"是的!"。没有这一声"是的!",你就没道理。有了他这一声"是的!",你才理直气壮、得意扬扬。没有他这一声"是的!",你是多么的理亏,想到这点你都要头晕目眩。这一切或许在第一天晚上就成为定局。那天晚上,卡洛斯·克罗尔迎着霞光拉大提琴,随后又在骑士大厅朗诵令人不知所云的诗歌。他的诗歌令人不知所云,这才是根本。除了赞美,你别无他法,因为你不可能说任何既有逻辑又有意义的话。你成了俘虏。你终生为虏。凡是闹不懂的,你都必须赞美。赞美他。不管他说什么做什么。没错,我们进行过激烈的政治讨论。但最后总是他做结论。他说什么都棒。哪怕你根本看不出哪里棒。即便你无法表示赞同,你也必须说：除了卡洛斯·克罗尔，没有谁可以做到即便没有道理也让人无法反驳。现在这话听着太……太高深。权势给他带来快乐。这话他说得够多了。光说道理没有用。你必须讨他欢心。这意味着：你必须细述自己多么喜欢他！喜欢到什么程度！如果你打心眼里喜欢他，还能让他感受到，他就会祝福你，这意味着他让你感觉到他是多么地喜欢你。但你必须首先纳贡，表示自己如何喜欢他，然后他才赏赐你，才表示他如何喜欢你。用爱情的术语来表达：我爱你，但前提是你爱我。

一开始我以为，无论卡洛斯·克罗尔说什么做什么，我都可以表示赞同，都可以通过赞同为其言行增添分量。你可以喜欢这家伙的一切。这家伙又可爱又聪明又超棒，而且很疯狂！为什么不！看他怎么对绍普夫海姆的姑娘！有一回他开车去她那里，她不让进门，因为她现在跟另外一个男人生活在一起。他打碎一扇窗子，大声说要杀死跟她住在一起的男人。她打电话把警察叫来，但放弃了对他的起诉。她的男友掏钱修窗户。如果我事后说他：既然你不想搬过去住，既然你提到那个女人总说她可怜，人家就有权和另外一个男人共同生活；如果我这样说，他就声明自己无法忍受一个为他生过孩子的女人和另外一个男人共同生活。他必须杜绝此类情况发生，以保护他的孩子！说完他又换一种语调：亲爱的特奥，我们可别因这区区小事闹别扭。说罢，你不得不接过他伸过来的手，对其进行抚慰、摩挲。

就这样，无伤大雅的恭维变成了一种必然。一种依赖。一种强制。后来我才逐渐意识到，卡洛斯·克罗尔所期待的只是百依百顺。最美好的友谊可以说自动变成了纯粹的统治与被统治的关系。

你心里逐渐明白：这人对你没有半点尊重。他蔑视你！你对一个蔑视你的人百依百顺。后来他如此毫不留情地出卖你，你应该受宠若惊。这可能是他唯一一次把你当回事。

我的内心也产生一种力量。万事俱备，机不可失。粉末我早已备好。以防万一。为我自己准备的。现在如何拿来伺候卡洛斯·克罗尔？这个问题我也来来回回想过许多遍。去找西娜。挑个星期五。这是她接待克罗尔的日子。茶道已经准备好，我只需把那粉末倒进去。然后告辞。后来发生的事情显然符合预期。事情过后，我如释重负。

您就尽职尽责吧。

刑警队长对特奥的陈述表示赞赏。同时表示将核实其真实性。

特奥先被关进埃特大街。待审拘留。他和狱友聊天。整整三天三夜，他得以思考各种问题。他逐渐察觉到卡洛斯·克罗尔的死对他意味着什么。克罗尔的死亡释放出一种无与伦比的和平的力量。现在世界恢复了秩序，也许是头一回。唯一的痛苦：用行动恢复世界秩序的人，也许不是他。但如果调查没有产生别的结论，他会坚称自己就是那位英雄。

可是，刑警队长施泰因费尔德随后亲自带来一个消息：安克·米勒博士女士主动投案，她无法忍受天才的卡洛斯·克罗尔被随便一个渴望出人头地的怪物杀害。是她，完全是她一个人干的！刑警队长说，安克·米勒博士女士在某种程度上让司法系统陷入混乱。

我们不必向她证明是她干的,她声称她可以向我们证明是她干的,完全是她一个人干的,她就是那个被卡洛斯·克罗尔誉为戴荆棘冠的圣母的女人。她不能让一个商人把这一壮举据为己有。她真希望马尔森大街那个女人也端着茶喝上几口。

特奥·沙特不再坚称自己是凶手。他重新获得自由。

二十三

2015 年 1 月 11 日星期天, 16 点 28 分

我生命中的人：

　　与你相遇，与你越走越近，我的心中充满喜悦。我也许没法表达我的喜悦。若有可能，我就在你身边待上五十年，并且心怀感激，以此表达我的喜悦之情。即便我做不到，我也希望你感受到。

　　你是我生命中的人。你也许还是我生命的救星。是你让我能够写出生命这个词，是你让我察觉到坚守生命也许不无可能，因为没料到这个世界上还有人与我同呼吸共患难。我没有这种奢望，直到与你相遇并建立联系。我曾怀疑我的一些事情你可能无法理解。我一度打消过这种怀疑。我当时有点操之过急，有点毫无防备，即便我现在不想承认这一事实。

　　尽管如此，你继续把事情推向不可想象的极端，因为你的所作所为一再让我感到陌生，同时又十分渴望，你一直这样。这使我们的相遇变得如此的不真实，世上哪有这样的事情。你对我的关注细致入微,连我自己忽略的细枝末节都被你发现,我深受触动。你就像一个钢琴师,你用琴键让众多琴弦苏醒、发声。没有你,它们在黑暗而腐朽的音箱里昏昏欲睡,音箱上面还压着沉重的琴盖。最美好的事情,就是你认识到自己的使命,知道需要通过你的演奏来唤醒那些被生锈的螺丝卡死的曲调。我们通力合作,才能对声音实施引诱。你将不知疲倦地创造美的声音。我相信你。这是至善至美!因为我太想成为一名信徒。你想做到不知疲倦,我对此坚信不疑。我为此得以康复,在内心深处康复。现在我仿佛可以高枕无忧,安然入睡。我偶尔也产生一丝怀疑,因为我就是我,我没有理由相信这类事情。我对爱抱有乌托邦式的理想,我认为每一个人都应关注对方而不必关注自己。我没有比这更为坚定的乌托邦。你现在却自作高明,劝我放弃我的乌托邦?

　　我也在注意你。看见你高兴,我也周身舒畅。你就是甘露,我细细品味你的字字句句、你的音容笑貌、你的一举一动,还有整个的你。2月26日,我请你和我一起到摄政王剧院看探戈音乐会。

期望得到你的赞同
异想天开的西娜

＊　＊　＊

2015 年 1 月 11 日,星期天,18 点 55 分

最亲爱的西娜:

　　幸好你写了一封信,把字字句句都变成最美丽的虚构。但这的确是一种本事:如此美妙的虚构,还如此地栩栩如生。我在字里行间感受到你扑面而来的生命气息,所以马上采取行动。

其实我们还从未谋面,我们仅有匆匆一瞥。你的一瞥比我的一瞥还要匆忙和短暂。你的出现如雷鸣电闪,使我头晕目眩。我在收银台背后变成小得不能再小的小不点,你几乎看不见。后来我没有承认自己被西娜点燃并且灼伤,但做过暗示什么的。现在来了这封信!

真希望这封信是我的应得。

我是如何翘首盼望 2 月 26 日的到来,你好好想想。我不能说!

渴望新生的特奥

亲爱的作家先生:

您使我和美貌如此密切相关,导致我现在十分在意自己是多了还是少了一分美,而且恰逢我明显不美的时候。因此,我必须告诉您、我只告诉您一个人:我现在不再觉得自己不美。

因为我现在作为特奥·沙特经历一切,所以我讲述的是他遭遇的一切。一个女人写了一些话给他,这些话和他的外貌无关,但是和他产生的影响有关。一个令人起敬的女人告诉他,她在他这里体验到一种在其他地方体验不到的生命乐趣。这不是计划和算计的结果,而是身不由己的影响。反过来,这让他把自己的影响体验为一种力量、一种能力、一种财富。这个他无法清楚地表述,但有一个事实他可以分享也必须分享:从此他感觉自己一天比一天更美。或者让他用现实主义的表达方式:一天比一天远离丑。他感觉如此!

现实也如此！

是这个女人的感受，让他感觉到对自己产生何种影响、自己处于什么状态！通过他，她感觉自己比任何时候都更美丽，更活泼。她快乐，他也快乐。快乐使他变成一个有权利充满自信的男人和人。他承认他已到达自我享受的境界！包括对镜自赏。他终于能够跟您一唱一和：没有什么事情是超越美的。他有时欢呼雀跃，不由自主。无特别理由。如此经历的每一个瞬间都使他精神抖擞，准备迎接光明的未来。

前所未有的诚挚

您的特奥·沙特

突然间他重新体会生活的乐趣，他马上给基尔奇打电话。约个门诊时间。越快越好。输血。化疗。首先做 CT。他体内是什么状况！他必须知道。因为他想活着，好好活着。

基尔奇·基里亚济斯深感诧异。他知道，只要他出现在她跟前，他会首先问：您代表希腊游泳队参加了哪一届奥运会？他依然想知道这些，她很高兴，马上一一告之，一小时后他又忘了。他忘得如此之快，这点他倒永志不忘。

教授向他道贺，说他有了——这是教授的原话——强烈的求生意志。这对治疗至关重要。

检查结果：肿瘤缩小了。现在可以做手术。

但是他还在回味他对西娜称他为我生命中的人那封信所做的

回复。他的回复只是一种逃避。他本应写：亲爱的西娜,我害怕！
一方面,你的每个句子都给我全新的、鲜活的爱情体验,另一方面,
我自惭形秽。相比你的爱情,我是一个情感侏儒。你在我这里发现
各种潜力和实力,我自己却是茫然无知。他本应写：你对我的影响
大加赞美,而这所谓的影响其实源于你的体验。

现在他不得不自问：是让她沉湎于美妙的误会、以为可以陶醉
温柔乡？还是告诉她：她赞美他的那些品质,只有在她体验、感觉、
言说的时候才存在？她这封信仿佛赋予他一种责任。他必须以这
种或者那种方式兑现这兑现那。但她相信,他可以轻而易举创造神
奇。他也渴望陶醉温柔乡！啊,西娜啊,西娜！

她用这封信编织了一种魔力,这魔力将他团团包围。他巴不得
现实世界是这封信的延续。可事实并非如此。

此外,没有任何事情提醒他：这个西娜就是那个留下悼词的
紫菀。

我们每个人都是由几个人组成的？包括你,特奥！

他不得不打住。他为自己感到害臊。写点东西吧！与其对着
西娜的美妙字句唉声叹气,不如写一封信,开篇就来我生命中的女
人。别犹豫。开始吧。

亲爱的,我生命中的女人：

我还从未与你握手,不知道摸着你一头浓密的头发是什么感
觉。你的头发为你的面庞镶上一个美丽的框架。至于你的嘴巴,我
知道我只想贴近观赏,如果它对我说点悦耳的话。

他不写了。写不出火花。一切都是感情冲动的尝试,而感情冲动只是作为无能为力的无言状态存在。她给他的信写得娓娓动听又情真意切,这无非表明她擅长此道。她擅于写心花怒放的信。

特奥给伊莉丝打电话,请求允许他去埃希特大街去看她。

他还有家里的钥匙。但是他摁门铃。他想让她为他开门。当他在电话里强调两遍,说想看她,她什么也没说。她挂了。但她后来摁了门禁。他得以入内。他们相向而坐。相对无语。

过了一会儿,特奥说他现在想做手术。他感觉她松了口气。

过了一会儿,他说他看得出来她心里在想什么。

随后又是枯坐。彼此无语。

过了一会儿他说,没有她的认可他无法生活。

又过了一会儿:这点他很清楚。

他们再度无语。特奥感觉无语是他们的共性。

过了一会儿,他终于对她说,如果她表示不赞成,就可以阻止他还能思考和实施的事情。

过了好久,他又说:她了解他,知道他这么做是要表达对她的依赖。

过了一会儿,他说:伊莉丝……,这时她却霍地起身,离开了房间。

他坐在那里一动不动。已是深夜。他睡了一会儿。天又亮了。过了一会儿,她出现在他跟前,说:来。

她在餐厅里摆好了早餐。他过去习惯吃的早餐食品应有尽有。也少不了切开的烤梨。还有那三个法式油煎鸡蛋饼,几十年前,在它们第一次端上桌的时候,她把其中一个称为贴心饼,把另外两个称为甜心饼。它们依然如故:贴心饼配萨拉米香肠和火腿,甜心饼配苹果、桂皮、柠檬、蜂蜜或者梨和香草。

彼此无话。他没觉得是遗憾。吃完早餐后,她收拾桌子。擦干净。走出去。没再回来。

伊莉丝,他喊道,伊莉丝!

过了一会儿,他不得不走了。

她刚才的样子令他难以忘怀。从她脸上看不出任何情绪或者波动。她面无表情。面色沉重。额头突起。眼睛浮肿。面颊紧绷。嘴巴僵硬。下巴宽大。

事情再清楚不过:她不想表达任何情绪。现在就这样。

手术将在 2 月 11 日进行。星期三。星期一开始做准备。晚上他读西娜写的信:

亲爱的朋友:

先说我们的事情。2 月 26 日摄政王剧院的票我已退了。你不是唯一的原因,但是跟你不无关系。你以绝对含蓄的方式让我恍然大悟,我发现自己有点自作多情。我感觉被叫停了。我应该被叫停。我急不可耐,想最终和你见上一面。

现在怎么办:拜托,跟我断绝关系吧。一刀两断。哪怕你对我幸福与否还有一点点在乎!我不想活了。没有酒精我一事无成,这已经好长时间了。昨天喝了两瓶葡萄酒。廉价而且劣质。三欧一瓶。

现在：铅一样沉重的感觉把我的思想往下拽，从脑袋拽到肚子，然后四散开来。而这种沉重并不存在。疲惫形成一个吞噬一切的漩涡，胳膊和双腿在绝望中挣扎。我听见自己大喊：闭嘴，否则你就完蛋了！可是，我的头越埋越低，肩膀越耸越高耸。弯曲的手臂，攥紧的拳头，膝盖微微颤抖，这是超人经受的考验。我不是为这个世界而生的。又一次行使使命，让一个男人能够忍受自己单调乏味的婚姻。我不可能消除怀疑。这是我的不治之症。我没学过信任。我知道，这是一大失误。

我曾以为，没有你，我没法活。为此我深表歉意。我需要自己，跟你需要我一样少。最亲爱的，忠言逆耳。

离开现实世界，进入探戈王国！在舞蹈中荡漾，把自己越荡越高，使痛苦无法企及。我知道，你很乐意一旁观看，而且带着微笑。自然不会笑得我消除怀疑。我想住联排房子，必要时把左邻右舍当作发火对象。这个世界自然有别的问题。但如果我们以为不能有自己的问题，我们就在骗人骗己。这点可以告诫世人。别告诫我。

晚安。永别或者永不别离。

另一个西娜

特奥把东西收拾好，给基尔奇打电话，在留言机上说自己现在无法接受手术并请求理解。他请求她别问为什么。同时请她向教授问好。

西娜没接他的电话。这是头一次。他驱车前往马尔森大街。

在黑暗中走来走去。她的屋里没灯光。他不可能围绕这个房子走一圈。高大的花园门锁上了。

回到书桌之后,他继续尝试用各种手段联系。没反应。他有了新鲜体验。他不再被人感知,他再也无法举证与他人有一点点共性。

他一会儿坐着。一会儿起身来回走。白天如此,夜里如此。他尝试用各种如同音乐一样的调式来表达绝望、威胁、爱。另一个西娜。过去也出现过剧情反转。那就等吧。或坐着,或躺着,但是不等待。他学过一招:不再等待。不去数钟点。他数过了几天几夜。看看他回头如何向她控诉!

门禁里应答的不是西娜,而是阿克塞尔。阿克塞尔肯定听见了开门的蜂音信号,但是他没有即刻进来。他迟疑片刻,表明一种态度,其意思是:现在其实应该出来一个人开门。由于没人替他开门,他只好推门而入。从花园门走向房门,他仿佛知道特奥先得适应来访者的崭新外表。龙飞凤舞的中式八字胡没了。他现在这一身明显是英式风格。身穿宽松的中式衬衣时,人们可以忘记他很富态甚至肥胖。上面一件带布腰带的夹克,裤脚短到膝盖,这身英式套装穿他身上紧绷绷的。阿克塞尔一如既往地昂首阔步。还一如既往地拎着原装的电脑包。

他走进房间。特奥一眼就看出他带来坏消息,心里咯噔一下。阿克塞尔用形体语言来表达非说不可的话,特奥反对这种做法。换了特奥,肯定说不出口。但是当阿克塞尔说话的时候,他知道在阿克塞尔进门那一刻他就看出他要说什么。

我们亲爱的伊莉丝死了。这是阿克塞尔的句子。

特奥立刻转身走进隔壁房间,让阿克塞尔站在那里。这个房间还没有配家具。但是有一张椅子。他坐上去。他想吼一声。但是做不到。阿克塞尔没有跟着进来。他很感激他这么做。

过了一会儿,他回到书房。阿克塞尔坐在一张宽大的单人沙发上,见他出来马上又站起来。他手里拿着一张纸。这是伊莉丝留下的,他说。是给玛法尔达的。玛法尔达认为你应该看看。特奥接过这张纸。阿克塞尔说明天再来看一眼。看一眼,他说,特奥心里想:典型的阿克塞尔。他望着他的背影,直到他把身后的花园门带上。

当阿克塞尔说到"我们亲爱的伊莉丝"的时候,特奥马上想到了女神伊莉丝。现在他感到这一直是一个轻率的称呼。他在屋里来回走,转圈走,直到筋疲力尽,躺在沙发上起不来。他望着屋顶发呆。旁边放着伊莉丝给玛法尔达写的信。他打开灯。开始阅读:

亲爱的玛法尔达,我心爱的孩子:

你理解我,如果不清楚这点,我就不会做我现在必须做的事情。我总是理解你做的一切。我很清楚你会理解我做的事情。付诸现实的事情已在脑子里经过排练。现在一切就绪。终于就绪。亲爱的孩子。我终于孑然一身了。我现在做有益于我的事情。期待被理解,这是过去的事情了。现在我可以做点有助于自己的事情。可以把自己推出这个虚假的世界。在内心解脱之后,我比过去平静了许多。

你,心爱的孩子,你不会对任何人讲你怎么看我。这不关别人的事。我告诉你:我已离开人世。我不必留在世上,不管在什么地方。我也告诉你:我会与你同在,只要你还活着。让我们永不分离。

你的妈妈

特奥端着这张纸看了一遍又一遍。这字体。伊莉丝的手迹。每个字母都是她亲手写的。在书写的一刻她还活着。她还活在这字里行间。

第二天,当阿克塞尔摁门铃的时候,特奥躺在沙发上望着屋顶发呆。他不得不起身去摁门禁按钮。他马上把伊莉丝给玛法尔达的信递给阿克塞尔。阿克塞尔接过去,没有折叠就放进包里。

阿克塞尔开始讲述现在发生的事情。他几乎是一字一顿:玛法尔达扔下一切工作。她将在爱琴海买一座小岛。然后在岛上修建一座房子,和埃希特大街的房子一模一样。一切和她母亲有关的东西都将搬到房子里,摆放方式和埃希特大街完全一样。她当然会清理谢林大街的商店,把东西全部打包运往岛上。她现在还不知道阿克塞尔是否可以去那里看她。可以肯定的是,她跟她父亲不再有任何关系。她说她没有父亲。她知道,如果生活在一栋为纪念母亲而修建的房子里,她就别无所求。她的生活不需要其他的意义。她生活中最重要的内容从来都归功于她的母亲。她将永远如此。从现在起她要专心致志地生活。在她迄今为止的生活中,有太多的事情分散她的精力,使她忽略了母亲。她从来都知道她生活的最终目标就是母亲。有朝一日她会与母亲重逢。她的余生只能在缅怀母亲之中度过。她别无所求。除了在缅怀中生活。把母亲安葬在岛上之后她就迁居岛上。无论埃希特大街还是谢林大街,一切和母亲有关的物品都将运至岛上,搬运工作由她自己安排。她不许任何人参加母亲的葬礼。只能她一人在场。阿克塞尔要保证说服她父亲,让他意识到自己不宜到场。绝对不能让他出现在葬礼现场。

讲到这,阿克塞尔来了个长长的停顿。特奥没说话。

过了一会儿,阿克塞尔站起身,说,告辞之前有个事情非告诉特奥不可。说罢,他等着特奥做出反应。

特奥说:什么事?

是这样的,阿克塞尔说,事情发展到这一步,他的心里也难以平息。如果他现在必须一个人留在这里,如果他长时间没有玛法尔达陪伴,甚至永远失去玛法尔达,他就想说,他的生活也要根据已发生的事情进行调整。所以他告诉特奥,他的中国研究已成为历史。他目前在写一本书,书名暂时为:《谁是真实的莎士比亚》。他估计这项研究要做五年。他那本关于世界之光的书大获成功,他有资本这么做。有太多的知识瓦砾需要清理,以便世人见识真正的莎士比亚。迄今为止的相关研究立意是好的,但毫无新意。有关莎士比亚是牛津的伯爵还是别的什么伯爵的研究,都将变成废纸。现在,多的他不想说,尽管他的研究已取得重大进展,他可以宣布:他的发现将引起轰动。如果你愿意,你可以亲眼目睹这一刻。最后还有一句话:经历这一可怕的事件后,他突然明白自己有事情需要坦白。这件事他向特奥坦白比向亲爱的伊莉丝坦白更轻松。他不是凶手。他从未行凶。他感觉特奥是唯一对此有所察觉的人,所以他首先把真相强加给特奥。

　　阿克塞尔第二天前来告辞。他临行前一定要跟特奥握握手。特奥做出回应。他双手握住阿克塞尔的右手,握了不知多长时间。还摇个不停。他要让阿克塞尔明白,对于他小心翼翼通报的消息,他只有感激的份儿。他和阿克塞尔之间出现一种新型的关系。现在阿克塞尔跟他前所未有的亲密。终于停止摇手之后,他说:谢谢你,亲爱的阿克塞尔。

　　装扮得像 19 世纪的英国勋爵的阿克塞尔这才走了。特奥望着他的背影,直到他把身后的花园门带上。

二十四

慕尼黑,*2015 年 2 月 26 日*

亲爱的玛法尔达:

你切断了一切联系。本来你现在是我生活中的唯一。我不得不这么说。我不想影响你的心情。真的不想。你该怎么想就怎么想。

昨晚我梦见自己的双手被砍。不仅是我的手被砍。同样遭遇的还有几个人。别看那儿,看你的脚,挥舞斧头的人说。对痛苦的恐惧大于痛苦本身。

有一段时间我常常和卡洛斯·克罗尔下棋。输掉一局之后我会在脑子里下好几天棋,试图赢回来。倘若走了这一着或者那一着,我就非赢不可。干吗没走这一着? 不可思议。

人生就是一盘输掉的、赢不回来的棋。

在你出生、在你长大之后,我有过再糟糕不过的想象:我入土之后,玛法尔达必须去劳动局打听招聘信息,不得不忍受他们的冷言冷语。幸好你彻底让我摆脱了这一担忧。

让我这么说吧：我和你母亲开车进了一条绿色的山谷，车只能慢悠悠地开。道路两边无险峰。无危险。无辩证法。在山谷的入口我们必须提交外来词。但随后突然就没路了。路太窄，无法掉头。所以我们必须把车倒出山谷。我负责驾驶。伊莉丝一路上都在告诉我应该如何驾驶。我驾驶。她指挥。没完没了。完不了。

啊，玛法尔达。我给伊莉丝写了一些没有寄出的信，我要是能够寄给你就好了。伊莉丝只会表示赞同。她是赞同的化身。我本应料到她将在回信中表示赞同，尽管我的信讲的事情很可怕。这本应成为一场毁灭。我罪有应得的毁灭。我不断逃脱的毁灭。

这是一封诀别信，亲爱的玛法尔达。

不工作的时候我就想自己的事情，所以我必须工作。我没有别的用处，只会为国民生产总值做出贡献。

我们没有在场的义务。我们可以要求自杀。但我无法脱身。国民生产总值。

你跟我断绝关系，对我进行惩罚。你的惩罚措施不可能比你母亲采取的行动更严厉。

国民生产总值，直到死。

信仰跟白痴一样在黑色的波浪上玩帆船。又是聋子又是瞎子。我以掠夺穷人为生。我的生活犯神经。

我住在索恩，所以住在森林边，所以我看见：倒下的树木看着像是已经得到拯救。

或者：亚历山大·封·洪堡离家乡越远，对自身的厌恶就越少。

这意味着：不是不思考，而是把虚无当思考对象。这点必须学会。

我把词语全部开除。它们不中用。

你曾经的父亲

二十五

　　一个被告知刑期的人必然是这种心情。做事无意义。动作无目的。无倾向。编目录。整理去年用过的所有电话号码。抄写电邮地址。在文件夹里翻来翻去,跟在找什么似的。但已忘记在找什么。继续找,直到找到可能是要找的东西。这时的确有个东西跑到他手上,让他没法即刻扔掉。西娜十一月底写的一封信。不知什么原因,他当时没读这封信。

　　西娜有一封信他还没读过!他感觉周身被一股暖流穿透。这封信就像是对他的诱惑。他知道自己不会被诱惑,所以他一张一张地翻阅。他压抑不住自己的好奇心。当初倘若买下这项送上门来的专利,有什么事情做不成!毛发再生精!那位化学家,一位弗赖利希博士,坚持给自己的发明取希腊名字,说这样做才对得起他的希腊祖母。该产品将取名 Kala Mallia①。这意思显然是:健康的头

---

① 希腊语:健康的头发。

发。弗赖利希博士从公鸡的鸡冠中提取了透明质酸。特奥对这种酸有所了解。他把它命名为万能酸，因为到哪儿都能见到它，哪儿都用得上。西娜本人而非其公司写信说，她长久以来就在资助这位借助透明质酸制作毛发再生精的化学家。弗赖利希博士住在埃姆登。她附上一个清单，上面罗列了他拥有专利的化学制剂。他肯定会感兴趣，她写道。应用于医学和美容业的制剂。特奥觉得弗赖利希博士研制透明质酸这事情很有意思，只是因为此人想解决像脱发这类普遍问题。这的确又是一个创举。放弃非动物性的透明质酸，这已表明了态度，就是说，他接受所有对蛋白质过敏的人都无法使用这个来自鸡冠的产品这一事实。毛发再生精已成为万能产品，所以这是一个严肃的决定。他对这种从鸡冠提取的透明质酸充满信心，这更加令人振奋。特奥左右为难。一克的透明质酸能够凝固六升水，脱发的原因在于发根干枯：这是他传递的信息。只要再来点勤奋和能力，就大功告成。西娜在信中兴奋不已，说 Kala Mallia 给广告界带来一股新风。

特奥不得不承认还没法想象自己还能恢复行动，但他不想排除任何事情。为西娜的缘故。他发现：自己的反应如此积极，仿佛还可以继续跟她联系。他将给这位弗赖利希博士写信。他会跟踪这一项目，仿佛还可以继续跟西娜联系。他将和从前一样工作。工作，工作，再工作。他不可能想别的事情。不，他不可以想别的事情。他感觉到：如果他不做点什么事情，他就会想到自己在呼吸，他发现，如果他一门心思去想自己如何呼吸，他的呼吸就会失败。他很快就不知道自己在吐气还是吸气。他感觉自己呼吸局促。他感觉气短。他冲下去,冲出去。在他的花园里来回猛跑。他与其说在跑不如说在走,他又能够呼吸了。他跑回屋里,在放药物的抽屉里找到一种安眠药。然后躺在那里等待效果。同时责备自己想借助药片悄悄溜出这个变得难以忍受的现实世界。伊莉丝。西娜。他跟吟唱赞美诗一样吟唱这两个名字。伊莉丝。西娜。直到安眠药拯救了他。

二十六

　　早起。做点做不做都无所谓的事情。重要的是,你什么都不是。这赋予你尊严,赋予你力量,使你不知疲倦。

　　你要变成什么样子才会觉得自己有趣、才能够忍受自己？哪怕没有另外的人想你？你依然如故,如果没有一个也值得你爱的人想念你,你会感觉活不下去。

　　我不是一个人。我陪伴我自己。有人陪伴也不错。不管是男是女。有比我更好的伴侣。

　　他打开电脑,登录到自杀论坛。出事了。这是他预感到的事情,也是他知道并且害怕的事情。题为《墓穴》的主题帖汇集了所有信息。

　　超越时间写道：

　　她做成了。紫菀过去了。最后写给我的句子是：

Tonight，take my Spirit totally from my body，so that I may no longer have shape and name in the World.①

鲁米：

但愿你现在更轻松。我想死你了。我的慰藉：我们将重逢，在那边，在极乐世界。

厌世者写道：

她用的什么手段？

超越时间写道：

木炭自杀法。她安然入睡。感谢上帝。

厌世者写道：

安息吧。

普路托写道：

我不认识她。但一切事情都惊心动魄。因为我根本不理解她

---

① 英语：今夜，把我的灵魂彻底从我体内带走，这样世界上不再有我的名字和形态。

为何如此痛苦。我祝愿她找到宁静。

我为什么还在这里？这是一个悲惨世界。

卡蒂写道：

她与众不同。我只能以泪洗面。当我消沉的时候，她给我写了好几条私信，她想帮助我。她给了我勇气，还给我许多好的建议。她既在生活的中央，又在生活的边缘。这让我很难理解。但是我能感受到。

亲爱的紫菀，我点燃了我这里能够找到的所有蜡烛，为了你。

罗勒写道：

我也为她点一支蜡烛。安歇吧。

星球尘埃写道：

多保重，紫菀。我真希望自己也已到达彼岸。

地狱写道：

安歇吧！

闷闷不乐写道：

When we are dead, seek not our tomb in the earth, but find it in the hearts of men.①鲁米

他别无选择。弗兰茨·封·M 写道：

失去紫菀,我失去了我的仅有。她的命运不可逆转。我想方设法,让她推迟时间。我未能遂愿。她走了,太阳落山了。沉重的悲哀压弯了我的腰。我再也无法直起腰板。既然她能死去,我的生命还有何价值。彻底失去价值。

---

① 英语：如果我们死了,别在地球上寻找我们的坟墓,我们的坟墓在人的心中。

二十七

尊敬的作家先生：

有个想法还必须告诉您：没有什么事情是超越美的。您这句话可以改为：一个主动终止生命的女人超越美。她是一切。再来一个也自行退出的女人，也同样超越美。她是一切。

您知道就是。

希望对你有所启发。

您的特奥·沙特

二十八

致西娜：

从我到你，语言半途而废。从你到我，风暴呼啸而来。

致伊莉丝：

我纵身一跳，越过溪流。降落在黄色的花朵之中。生命是一只伸出的手。现在我被死亡踩死。踩不死的虱子发出狂笑。

致西娜：

没法不想你。我对任何的存在都失去了感觉，因为没有你来感受我的存在。我不再有任何价值，如果你不赋予这种价值。

致伊莉丝：

我的灵魂在大口喘气，渴望的钢板烧得通红，我的心在上面蹦跳。我是一声呐喊。

致西娜：

你应该是站在头顶的阳光，发出淡淡幽香。鸟儿应该降落在你的左肩，然后放声歌唱。你的嘴里应该有一颗樱桃在融化。

致伊莉丝和西娜：

慰藉，你这个外来词，来吧。让我们把一切都化为言辞。用一堵文字的墙壁抵御现实。我在幻想中勾勒现实世界。永远如此，阿门。

后来还接到作家如下这封信：

亲爱的沙特先生：

我们生活在同一个平行世界吗？那可意味着

两手空空，

时间叫期限，

宇宙打哈欠，

你放弃存在，

历史是一张纸，

一张白纸。

您所谓的作家先生

Author：Martin Walser

Title：Ein sterbender Mann

© 2016 Rowohlt Verlag GmbH，Reinbek bei Hamburg，Germany

Chinese language edition arranged through HERCULES Business &
Culture GmbH，Germany.

本书中文简体字版版权，浙江文艺出版社独家所有。

版权合同登记号：图字：11-2016-354 号

图书在版编目（CIP）数据

寻找死亡的男人/（德）马丁·瓦尔泽著；黄燎宇译.—杭
州：浙江文艺出版社，2018.10

ISBN 978-7-5339-5377-5

Ⅰ.①寻… Ⅱ.①马… ②黄… Ⅲ.①长篇小说－德
国－现代 Ⅳ.①I516.45

中国版本图书馆 CIP 数据核字（2018）第 190957 号

策划统筹：曹元勇
责任编辑：曹元勇 李 灿
封面设计：周伟伟
责任印制：吴春娟

寻找死亡的男人

[德]马丁·瓦尔泽 著

黄燎宇 译

出版：浙江文艺出版社
地址：杭州市体育场路 347 号 邮编：310006
网址：www.zjwycbs.cn
经销：浙江省新华书店集团有限公司
印刷：上海中华商务联合印刷有限公司
开本：880 毫米×1230 毫米 1/32
字数：140 千字
印张：7.625
插页：4
版次：2018 年 10 月第 1 版 2018 年 10 月第 1 次印刷
书号：ISBN 978-7-5339-5377-5
定价：45.00 元